MIAM
MIAM MIAM
ÇA AUSSI, C'EST DÉLICIEUX !
COMMENT EST-CE QUE VOUS LES PRÉPAREZ ?
AH...
LE SECRET, C'EST DE PÉTRIR LES CHAMPITEMPÊTES AVEC LE BLÉ D'OMBRE...
VRAIMENT ?!?
NOUS NE CULTIVONS NI L'UN NI L'AUTRE, SUR L'ÎLE DE CHOROMÉE...
GRANDE SŒUR !
T'AS DES MIETTES PARTOUT SUR LE VISAGE !
AH ! DÉSOLÉE.
HÉ HÉ...
?

OH, PARDON ...
C'EST JUSTE QU'ON DIRAIT DE VÉRITABLES FRÈRE ET SOEUR.
UNE HUMAINE ET UN DRAGONIA ...
SI ON M'AVAIT DIT QUE ÇA POUVAIT EXISTER ...
ET POURTANT ...
ON VOUS LE RÉPÈTE DEPUIS LE DÉBUT !
!
GJORR ?
VOUS PORTEZ UN CHAPEAU, MAINTE-NANT ?
C'EST POUR ME DIFFÉRENCIER PLUS FACILEMENT DES AUTRES GOLEMS.
REVENONS PLUTÔT...
À TA PROCHAINE DESTINATION...
IL SE PEUT QUE...
TU TROUVES DES INDICES, LÀ-BAS...
BIUUM

LE GRAND TEMPLE DE NÉCROMANIE.
IL ABRITE, DEPUIS LES TEMPS ANCIENS...
UNE MULTITUDE DE CRÂNES DOTÉS DE POUVOIRS MAGIQUES, PROVENANT DE TOUTES LES ESPÈCES.
ON DIT QU'IL SERAIT POSSIBLE...
D'EN TIRER MAINTES CONNAISSANCES SUR NOTRE MONDE.

ON PEUT Y DÉCOUVRIR…
L'HISTOIRE ET LE FOLKLORE DE CHAQUE ESPÈCE…
LA STRUCTURE DE LEUR MAGIE ET TOUT LEUR SAVOIR.
L'ÉVENTAIL DES POSSIBLES EST INFINI.
DIS-TOI QUE TOUTES CES INFORMATIONS…
ONT ÉTÉ EXAMINÉES AVEC SOIN PAR LES PLUS GRANDS SAGES AU FIL DES ANNÉES…
ET CORRIGÉES À CHAQUE FOIS QU'ILS Y DÉCELAIENT UNE ERREUR.
CETTE CRISTALLISATION DE SAGESSE A, EN QUELQUE SORTE, TRANSFORMÉ LE BÂTIMENT…
EN UNE ENCYCLOPÉDIE GIGANTESQUE !
VOILÀ CE QU'EST RÉELLEMENT LE GRAND TEMPLE DE NÉCROMANIE.

ON Y TROUVE LES CONNAISSANCES DU MONDE ENTIER ?
IL DOIT Y AVOIR DES INFORMATIONS CONCERNANT LA BOÎTE DE PANDORE...
DANS CE CAS...
EXACT !
MAIS BIEN QU'IL AIT AUTREFOIS ÉTÉ OUVERT À TOUS...
L'HÉRITAGE CULTUREL DU GRAND TEMPLE DE NÉCRO-MANIE...
EST DÉSORMAIS ÉTROITEMENT CONTRÔLÉ PAR HUMANIA.
Y PÉNÉ-TRER EST PRESQUE IMPOSSI...
JE VAIS M'Y RENDRE !
SI VOUS N'AVEZ PAS D'AUTRES PISTES...
AUTANT NE PAS PERDRE DE TEMPS !
RIKKEL !
ALLONS-Y !
HEIN ?
ON DOIT PARTIR TOUT DE SUITE ?

SI ON S'ÉTERNISE ICI…
HUMANIA REVIENDRA POUR SE VENGER…
AH…
C'EST VRAI… T'AS RAISON.
HIN HIN !
LIA, NE SOIS PAS TROP HÂTIVE.
NOUS TE LAISSERONS UTILISER …
LE SOUS-MARIN QUE NOUS DISSIMULONS DANS NOS SOUTERRAINS.
SI TU TE DÉPLACES AU FOND DES OCÉANS, HUMANIA AURA BIEN DU MAL À TE REPÉRER.
JE TE PRÉVIENDRAI DÈS QUE LES PRÉPARATIFS SERONT TERMINÉS.
GJORR…
MERCI POUR TOUT !
BON, BAH…
AUTANT EN PROFITER !
…

VOILÀ !
J'AI FAIT CHARGER DES VIVRES ET DES OUTILS…
AINSI QUE QUELQUES TENUES ADAPTÉES.
CE SERA BIEN UTILE, LÀ OÙ VOUS IREZ.
POUR CE QUI EST DU PILOTAGE…
?
QU'Y A-T-IL ?
SEIGNEUR GJORR…
VOUS DEVRIEZ ACCOMPAGNER LIA.

UN TEL PÉRIPLE…
SERAIT BIEN TROP PÉNIBLE, À DEUX.
LIA AURA BESOIN DE VOTRE AIDE…
POUR PERCER LE MYSTÈRE DE LA BOÎTE DE PANDORE !
COMMENT ÇA ?
VOUS AUSSI…
VOUS AVEZ DÛ VOUS EN RENDRE COMPTE… N'EST-CE PAS ?
…
GH…
C'EST VRAI, MAIS…
JE NE PEUX PAS VOUS LAISSER…
ALORS QUE LA FORÊT…
N'EST PLUS QU'UN VASTE CHAMP DE RUINES.

VOUS POUVEZ COMPTER SUR NOUS ...
POUR LA SOIGNER ET LA REBOISER.
QUOI ?
NOUS NOUS SOMMES DÉJÀ CONCERTÉS.
CETTE FORÊT EST COMME NOTRE SECOND FOYER. MÊME SI NOUS SOMMES GUÉRIS...
ON NE VA PAS LA LAISSER DANS CET ÉTAT ET RENTRER CHEZ NOUS, SANS RIEN FAIRE.
C'EST NOUS QUI EN PRENDRONS SOIN EN VOTRE ABSENCE !
VOUS ÊTES SÉRIEUX ?!?
...
NOTRE VOYAGE...
SERA TRÈS DANGEREUX.
JE NE PEUX PAS EN DEMANDER TANT...
MAIS...

SI VOUS ACCEPTIEZ DE...
NOUS ACCOMPAGNER, GJORR...
ÇA NOUS SOULAGERAIT BEAUCOUP !
C'EST À CAUSE DE NOS LOURDS TRAITEMENTS ...
QUE VOS RECHERCHES SUR LES GOLEMS...
ET SUR LE TRANSFERT D'ÂME N'ONT PAS OBTENU LES RÉSULTATS ESCOMPTÉS, NON ?

SEIGNEUR GJORR...
SOYEZ HONNÊTE...
VOUS AURIEZ VOULU POSSÉDER VOTRE GOLEM PLUS TÔT...
POUR EXPLORER LIBREMENT LE MONDE EXTÉRIEUR, NON ?
MONSEI-
GNEUR...
VOUS EN AVEZ FAIT BIEN ASSEZ.
VOUS N'AVEZ PLUS À PORTER SEUL LA RESPONSABILITÉ DE CETTE FORÊT...
LAISSEZ-NOUS DONC...
PENDRE SOIN DE VOUS, À NOTRE TOUR !

HIN HIN…
BON SANG…
VOUS ÊTES TOUS PLUS EFFRONTÉS…
LES UNS QUE LES AUTRES…

HOP
WOU... WOUAH !!!
QU'EST-CE QUE...
NOUS VOUS SOUHAITONS BON VOYAGE, MONSEIGNEUR !
TOUS LES TROIS...
PRENEZ SOIN DE VOUS !
TOI AUSSI, CUBIO.
À NOTRE RETOUR...
NOUS FERONS UN GRAND BANQUET !

ゴウン…
FWOOSH
ゴウン…
WOOOSH
HMM…
LE COURANT DES MARÉES SEMBLE STABLE.
LE GRAND TEMPLE DE NÉCRO-MANIE…
SE SITUE AU NORD-NORD-OUEST…
AU CŒUR DES MONTAGNES DE MELTARIA.
C'EST UNE RÉGION HOSTILE ET GLACIALE…
AVEC UNE MÉTÉO SOUVENT IMPRÉVISIBLE.
J'AI PRÉVU DE QUOI SUPPORTER LE FROID, MAIS…
NOUS DEVRIONS NOUS REPOSER AVANT D'ARRIVER.
LE TRAJET NE DEVRAIT PRENDRE QUE QUELQUES JOURS…
COMPRIS !

APRÈS BIEN DES PÉRIPÉTIES …
LA BOÎTE DE PANDORE EST FINALEMENT OUVERTE.
DE QUOI PEUT BIEN RÊVER…
CETTE JEUNE FILLE ?

ENTRAÎNANT UNE MULTITUDE D'ÉTOILES...
VOILÀ QUE LES ROUAGES DU DESTIN ...
SE REMETTENT À TOURNER...

Chapitre II-1 :
Un monde de glace sous verrous
– winter fall –

FWUUUSH
ゴオオオオオ...

...
QUEL ENNUI ...
N'Y A-T-IL RIEN...
DE PLUS AMUSANT, POUR ME DISTRAIRE ?

PANDORA
SEVEN

IL RECOMMENCE À NEIGER...

J'ESPÈRE QUE...
NOUS ÉVITERONS LE BLIZZARD...
N'EMPÊCHE, C'EST MARRANT CE TRUC !
ÇA FOND SUR LA LANGUE ! MIAM !!!
TSS !
QUEL GAMIN INSOUCIANT...
GOÛTE TOI AUSSI, P'TIT BONHOMME !
C'EST DÉLICIEUX !
HEIIIN ?!?
QUI C'EST LE P'TIT BONHOMME ?!?
JE SUIS LE SEIGNEUR GJORR !!!
?
OÙ EST PASSÉE LIA ?
HEIN ?
MAINTENANT QUE TU LE DIS...

JE N'AIME PAS ÇA...
NOUS SOMMES EN TERRE INCONNUE.
C'EST DANGEREUX DE RESTER SEULE...
!
DAAAASH
WOAH, JE LE SENS MAL !!!
JE NE TE LE FAIS PAS DIRE !!!
BAAAAM

DERRIÈRE MOI, P'TIT BONHOMME !
JE VAIS LUI RÉGLER SON COMP…
?!?

GRANDE SŒUR !
J'AI SENTI UNE PRÉSENCE ...
J'AI ESCALADÉ UN ARBRE POUR EXAMINER LES ENVIRONS.
IL EST MORT ?
NON, JUSTE INCONSCIENT.
J'AI EU LE TEMPS D'APERCEVOIR D'AUTRES EMPREINTES. IL NE DOIT PAS ÊTRE SEUL…
NOUS DEVRIONS NOUS DÉPÊCHER DE TRAVERSER CETTE ZONE, AVANT QU'IL FASSE NUIT !
FWOOOOSH
HAA…
HAA…
LE VOILÀ ...
!

LE GRAND TEMPLE…
DE NÉCROMANIE …
C'EST ENCORE LOIN !
HUM… CE NE SERAIT PAS PLUS RAPIDE…
SI VOUS MONTIEZ TOUS LES DEUX SUR MON DOS ?
IMPOSSIBLE !
LES HUMAINS NOUS REPÉRERAIENT TROP FACILEMENT, DANS LES AIRS…
ET LES CHANGEMENTS MÉTÉOROLOGIQUES BRUTAUX POURRAIENT NOUS FAIRE CHUTER…
LA QUESTION QUE NOUS DEVRIONS D'ABORD NOUS POSER…
C'EST OÙ SE TROUVE L'ENTRÉE ?
SI ELLE EST SURVEILLÉE PAR LES HUMAINS…
IL SERA DIFFICILE DE PASSER, NON ?

ET SI ON PASSAIT PAR DERRIÈRE ?
JE POURRAIS PERCER LES MURS AVEC MES FLAMMES !
QUEL IDIOT !
NOUS DONNER EN SPECTACLE SERAIT CONTRE-PRODUCTIF !
NOUS DEVONS NOUS INFILTRER SANS QU'HUMANIA NE LE RE-MARQUE ...
OBTENIR LES INFORMATIONS CONCERNANT LA BOÎTE, ET NOUS ÉCHAPPER !
HEIN ?!?
C'EST VRAIMENT POSSIBLE ?
...
QUAND J'HABITAIS SUR L'ÎLE DE CHOROMÉE ...
ON UTILISAIT SOUVENT LES CANAUX DE DRAINAGE...
POUR JOUER À CACHE-CACHE.

ÇA SENT UN PEU MAUVAIS…
MAIS ÇA RELIE TOUT UN TAS D'ENDROITS DE L'ÎLE.
PRATIQUE QUAND IL FAUT S'ÉCHAPPER !
EST-CE QU'IL N'Y AURAIT PAS…
QUELQUE CHOSE DE SEMBLABLE, ICI AUSSI ?
TRÈS BONNE IDÉE !
BIUUM
ON APPELLE CET ENDROIT "LES GALERIES DE MELTARIA".
DES TUNNELS NATURELS S'ÉTENDENT SOUS NOS PIEDS.
ILS SERVENT À DRAINER LES EAUX DE FONTE ET D'ÉVACUATION…
ET PASSENT MÊME SOUS LE TEMPLE.

IL Y A UN VILLAGE TOUT PROCHE, DU NOM DE MAIDEN.
COMMENÇONS PAR CHERCHER UNE ENTRÉE LÀ-BAS.
VOUS VOULEZ VOUS RENDRE AU TEMPLE EN PASSANT SOUS TERRE ?
S'IL Y A DES HUMAINS EN BAS, QU'EST-CE QU'ON FAIT ?!?
IL DEVRAIT Y AVOIR ASSEZ DE PASSAGES...
POUR QU'ON PUISSE S'ÉCHAPPER, AU BESOIN.
JE PENSE QUE NOUS DEVRIONS TENTER NOTRE CHANCE.
CELA DIT... RIKKEL N'A PAS TORT.
NOUS NE SAVONS RIEN...
DES MESURES PRISES PAR LES HUMAINS.
QUEL QUE SOIT LE CHEMIN QUE NOUS PRENDRONS...
IL FAUDRA RESTER SUR NOS GARDES !

Chapitre II-2 : La traque avant la tempête
– floods of tears –
CHLANG
GÉNÉRALE CELYS ...
COMMENT SE PORTE ...
LE GÉNÉRAL EVERETT ?

IL EST TOUJOURS EN VIE.
!
IL N'A PAS ENCORE REPRIS CONNAISSANCE.
C'EST UN MIRACLE QU'IL AIT SURVÉCU À DE TELLES BLESSURES !!!
VRAIMENT ?!?
NOUS LE GARDONS EN SOINS INTENSIFS, DANS L'ELI-XIRIUM...
SON ÉTAT RESTE TRÈS INSTABLE.
!!!

JE RETOURNE À MES APPARTEMENTS…
VOUS AUSSI, VOUS DEVRIEZ VOUS REPOSER.
GÉNÉRALE CELYS !!!
IL Y A EU UNE NOUVELLE PROPHÉTIE…
AU SUJET DE LA FILLE À LA BOÎTE.
ELLE SORTIRA DE L'OMBRE DANS DEUX SEMAINES…
DES AVIS ONT DÉJÀ ÉTÉ ÉMIS POUR QUE NOUS NOUS PRÉPARIONS TOUS…
?
POURQUOI LUI LAISSE-T-ON DEUX SEMAINES DE RÉPIT ?
ON DEVRAIT LA POURSUIVRE DÈS MAINTENANT !
NOUS PENSONS LA MÊME CHOSE, MAIS…
AUCUNE AUTRE PROPHÉTIE NE SEMBLE LA CONCERNER…
…

DAME CELYS.
À CE MOMENT-LÀ... VOTRE DÉCISION DE BATTRE EN RETRAITE...
A ÉTÉ PROMPTE ET AVISÉE.
NOUS VOUS SOMMES TOUS TRÈS RECONNAISSANTS POUR CELA.
NOUS AVONS APPRIS QUE VOUS AVIEZ ÉTÉ RÉTROGRADÉE...
MAIS NOTRE LOYAUTÉ ENVERS VOUS RESTE INCHANGÉE.
S'IL Y A QUOI QUE CE SOIT QUE NOUS PUISSIONS FAIRE POUR VOUS AIDER...
DITES-LE-NOUS. NOUS RESTONS À VOTRE SERVICE.
...
EFFIE... GRAY...
MERCI POUR TOUT.

...
ELLE NE BRONCHE PAS.
MÊME APRÈS CE QUI EST ARRIVÉ À SON FRÈRE...
ELLE FAIT FRONT SANS SE LAISSER PERTURBER.
ELLE EST VRAIMENT...
LA DIGNE SŒUR DU GÉNÉRAL EVERETT.

HAAA
HAAA

"CELYS..."
"ENFIN SEULS..."
"TOUS LES DEUX..."
HAAA...
FSHAAAA
HAA...
HAAA...
HAAA...
HAAA...
LIA...
FRONTIER !!!

サァァァ
SHAAAA...
ELLE VA DONC REFAIRE SURFACE...
DANS DEUX SEMAINES...
D'UN AUTRE CÔTÉ...
CELA DIT...
D'ICI LÀ, IL N'Y AURA PAS DE PERTURBATION DU DESTIN, NON ?
QUI SAIT CE QU'ELLE PRÉPARE ?
RÉFLÉCHIS...
QUE FERAIS-JE, À SA PLACE ?
QUELLE SERA TA PROCHAINE DESTINATION...
LIA FRONTIER ?!?

DITES, GJORR…
IL N'Y A QUASIMENT PAS…
D'HUMAINS À MAIDEN, N'EST-CE PAS ?
SI LES VILLAGEOIS ME VOIENT…
ILS NE VONT PAS NOUS REPOUSSER ?

L'UN DE MES PATIENTS …
EST ORIGINAIRE DE CE VILLAGE.
J'AI CRU COMPRENDRE QUE SES HABITANTS …
SONT PACIFIQUES, ET QU'ILS CÔTOIENT PARFOIS LES HUMAINS.
JE SAIS QUE TU T'INQUIÈTES, MAIS…
SI J'ÉTABLIS D'ABORD LE CONTACT…
ON NE DEVRAIT PAS AVOIR TROP DE PROBLÈMES.
…
PACIFIQUES, HEIN ?
DANS LE MONDE EXTÉRIEUR…
EN DEHORS DE L'ÎLE DE CHOROMÉE…
IL EXISTE D'AUTRES VILLAGES QUI ACCEPTENT LES HUMAINS ?
DITES…
CE NE SERAIT PAS ÇA, VOTRE VILLAGE ?!?

?!?
EST-CE QUE…
C'EST LE VILLAGE DE MAIDEN ?!?

Chapitre II-3 : Doute et moquerie

– strange kind of woman –

IL...
IL Y A UN CADAVRE, ICI !!!
EST-CE QUE C'EST UN HABITANT ?
ÇA M'A L'AIR DÉJÀ ANCIEN.
À EN JUGER PAR LES BLESSURES...
ET L'ASPECT DES ENVIRONS...
JE NE PENSE PAS QU'IL AIT ÉTÉ DÉTRUIT PAR UNE AVALANCHE, OU AUTRE CHOSE DE CE GENRE.
TU CROIS QUE...
CE SERAIT HUMANIA ?
J'EN AI BIEN PEUR...
VOUS DEUX, CONTINUEZ DE CHERCHER UNE ENTRÉE VERS LES SOUTERRAINS...
FAITES ATTENTION À TOUS LES SIGNES QUI TRAHIRAIENT LA PRÉSENCE D'HUMAINS !
JE VAIS VOIR SI JE PEUX TROUVER UNE CARTE DÉTAILLÉE DE LA RÉGION.

L'ENTRÉE DES SOUTERRAINS...
HUM ?
C'EST QUOI CE TRUC ? ÇA SE BOIT ?
QUELLE HORREUR ! ÇA PUE !!!
C'EST POURRI, C'EST PAS POSSIBLE !!!
GLOP GLOP GLOP
KRIIIK

CE VILLAGE…
COMME MON ÎLE…
VIVAIT SANS DOUTE…
UN QUOTIDIEN PAISIBLE.

EN RÉALITÉ, MOI NON PLUS...
JE N'AURAIS PAS DÛ SURVIVRE.
SI MAMAN N'AVAIT PAS ÉTÉ AUSSI RÉACTIVE...
MOI AUSSI... J'AURAIS FINI COMME EUX...
POURTANT...
JE SUIS ENCORE LÀ...

MAMAN...
LES AMIS...
VOUS VERREZ.
JE SUIS SÛRE QUE...
VOUS ÊTES ENCORE EN VIE.
ATTENDEZ ENCORE UN PEU...
QUE J'ÉLUCIDE LE MYSTÈRE DE LA BOÎTE DE PANDORE.
?

DES CONTRATS, DES FICHES DE BUDGETS…
C'ÉTAIT PEUT-ÊTRE LA MAIRIE ?
DANS CE CAS…
!
TROUVÉS ! LES REGISTRES DE GESTION DES ÉGOUTS !
JE M'EN DOUTAIS…
ILS COMPRENNENT UNE CARTE DÉTAILLÉE DES SOUTERRAINS.
?

QUELLE HORREUR ...
UN AUTRE CADAVRE...
?!?

CE...
CETTE MARQUE !!!
C'EST CELLE DE CEUX QUI ONT DÉTRUIT LE VILLAGE ?!?
NON...
GJORR !
AH !
QUE SE PASSE-T-IL ?
JE CROIS QUE J'AI TROUVÉ UN ENDROIT POUR REJOINDRE LES SOUTERRAINS !
PARFAIT ! J'ARRIVE TOUT DE SUITE.
...

ON DIRAIT QUE LA NEIGE ET LA GLACE OBSTRUENT L'ENTRÉE…
HÉ HÉ ! LAISSEZ-MOI FAIRE !
FRRRRUH
J'AVOUE QUE TU SAIS TE MONTRER UTILE… DE TEMPS EN TEMPS…
HÉ, P'TIT BONHOMME !
QU'EST-CE QUE TU INSINUES ?!?

FOSSES DE NORD-MAIDEN...
ORTH MEIDEN
C'EST ÇA !
SI ON CONTINUE DANS CETTE DIRECTION, LES...
CRIK
?
CRAAACK
C'ÉTAIT QUOI CE BRUIT ?
!!!
RIKKEL !!! FONCE À L'INTÉRIEUR !

OUAAAAH !!!
BA DA BAM
CRAAACK
RIKKEL !
ÇA VA ?!?
AH… EUH, OUI…
POURQUOI MAINTE-NANT ?
LA GLACE DEVAIT RETENIR CES ROCHERS, MAIS…
ON L'A FAIT FONDRE POUR ENTRER …
SÉRIEUX ?!?
DONC, ON EST COINCÉS ?!?
IL POURRAIT SE PRODUIRE D'AUTRES ÉBOULE-MENTS…
DÉPÊCHONS-NOUS D'AVANCER !

PIP PIP
DIRECTRICE MALHOT !
C'EST CELYS.
EH BIEN...
ÇA FAISAIT LONGTEMPS, DIS-MOI...
COMMENT TE PORTES-TU ?
RIEN D'INHABITUEL NE SE SERAIT PRODUIT...
AU GRAND TEMPLE DE NÉCROMANIE ?
?
PAS À MA CONNAISSANCE.

TU ES AU COURANT DE LA LETTRE SCELLÉE ?
EN EFFET.
ON NOUS ORDONNE D'ATTRAPER LA FILLE À LA BOÎTE DE PANDORE...
SE POURRAIT-IL...
QU'UNE PROPHÉTIE RACONTE SA VENUE ICI ?
NON... J'AI VÉRIFIÉ. ELLE APPARAÎTRA À AUTRE ENDROIT, MAIS...
SI ELLE TENTE DE SE RENSEIGNER SUR LA BOÎTE...
IL Y A DES CHANCES POUR QU'ELLE PASSE D'ABORD PAR LE TEMPLE DE NÉCROMANIE.
AU CAS OÙ, RENFORCE LA SÉCURITÉ.
EST-CE UNE DÉCISION DU SAINT TRIUMVIRAT ?
NON, JUSTE MON INTUITION.
SI ON SE BASE SUR L'EMPLACEMENT DE LA FORÊT MÉCANIQUE...
ET DU LIEU PROPHÉTISÉ DE SA PROCHAINE APPARITION, ON PEUT...
HU HU...
?

QU'EST-CE QUE TU ME RACONTES, LÀ ?
TU NE TE BASES SUR AUCUNE PROPHÉTIE …
TU N'AS MÊME PAS DE CONSIGNE VENANT D'EN HAUT …
ET IL FAUDRAIT QUE JE T'OBÉISSE ?
TU NE CROIS PAS…
QU'IL Y A DE MEILLEURES FAÇONS DE DEMANDER UNE FAVEUR…
EX-GÉNÉRALE CELYS ?
!
CET ENDROIT EST PEUT-ÊTRE RECULÉ, MAIS…
ÇA FAIT DÉJÀ UN MOMENT QUE…
J'AI APPRIS QUE TU AVAIS ÉTÉ RÉTROGRADÉE EN TROISIÈME CLASSE.
VOYONS VOIR…
HOP
SI TU TIENS TANT À CE QUE JE T'ÉCOUTE, MOI, TA DIRECTRICE…

SI TU RÉUSSIS À M'AMUSER ...
JE T'ACCORDERAI PEUT-ÊTRE QUELQUES SECONDES DE MON TEMPS.
SLURP
SWIPP SWIP
ALORS SERAIS-TU PRÊTE À RAMPER NUE DANS LA NEIGE...
AVEC DES CHAÎNES QUI RESSORTENT PAR TOUS LES ORIFICES DE TON CORPS ?
...
ATTENDS... NE ME DIS PAS QUE...
TU PENSES POUVOIR REDEVENIR GÉNÉRALE ?!?

TU AS FAIT UNE TELLE BOURDE QU'IL A FALLU ÉMETTRE UNE LETTRE SCELLÉE !
HU HU...
CELYS...
TU NE COMPRENDS TOUJOURS PAS QUELLE EST TA VÉRITABLE PLACE, HEIN ?
TOUT LE MONDE EN PARLE, DANS TON DOS...
ILS DISENT QUE TU AS EU UNE CARRIÈRE FULGURANTE...
UNIQUEMENT GRÂCE À L'APPUI DE TON FRÈRE...
ET QUE TU N'ÉTAIS QU'UNE GÉNÉRALE DE PACOTILLE !
SPLAASH

...
BZZT
SALE PETITE...
MAIS SI MALHOT SE PERMET DE DIRE ÇA...
SOIT JE ME SUIS FAIT DES FILMS...
C'EST QU'IL NE S'EST RIEN PRODUIT D'INHABITUEL.
SOIT C'EST ENCORE TROP TÔT ?
...
J'HALLUCINE...
"UNIQUEMENT GRÂCE À L'APPUI DE TON FRÈRE..."
"ILS DISENT QUE TU AS EU UNE CARRIÈRE FULGURANTE..."
"ET QUE TU N'ÉTAIS QU'UNE GÉNÉRALE DE PACOTILLE !"
...

VOILÀ LA 28E INTERSECTION…
CE QUI VEUT DIRE QUE…
SI NOUS CONTINUONS DE CE CÔTÉ-LÀ…
NOUS DEVRIONS ARRIVER AU TEMPLE DE NÉCROMANIE !
OUH LÀ !
CRAAAK
C'ÉTAIT QUOI, ÇA ?
ÇA S'EFFONDRE FACILEMENT, ICI ! FAITES ATTENTION !

VOUS NE VOULEZ PAS PLUTÔT GRIMPER SUR MON DOS ?
ÇA SERAIT PLUS SÛR DE CONTINUER EN VOLANT !
SURTOUT TOI !
QUELLE IDÉE D'ÊTRE AUSSI GROS...
MÊLE-TOI DE TES AFFAIRES !
NE BOUGEZ PLUS.

PFFT
POUR QUI ELLE SE PREND ?
POURQUOI JE DEVRAIS RENFORCER LA GARDE ?
NOUS SOMMES PARFAITEMENT PRÉPARÉS ...
À RECEVOIR LES INTRUS...
QU'ILS VIENNENT DES TERRES...
OU DES AIRS.

SURTOUT QUE S'ILS S'AVENTURAIENT PAR LES SOUTERRAINS...
IL NE RESTERAIT MÊME PLUS UN OS À RÉCUPÉRER !
IL Y A QUELQUE CHOSE...
QUI VIT DANS CES SOUTER-RAINS !!!

Chapitre II-4 : Le gardien des galeries

— casanova snake —

LIA…
SI JAMAIS…
RIKKEL OU MOI NE SURVIVIONS PAS À CETTE EXPÉDITION…
TU SERAIS QUAND MÊME PRÊTE À CONTINUER ?
HEIN ?
HÉ OH !!!
TU VAS NOUS PORTER LA POISSE !
OUVRE LES YEUX !
JE T'AI DÉJÀ DIT DE TE PRÉPARER À TOUTES LES ÉVENTUA-LITÉS !
À PARTIR DE MAINTE-NANT…
CE N'EST PLUS SEULEMENT HUMANIA QU'IL FAUDRA REDOUTER.

PEU IMPORTE CE QU'IL ADVIENDRA DE NOTRE ÉQUIPE…
VOUS DEVREZ ÊTRE PRÊTS À CONTINUER.
SI VOUS NE VOUS EN PENSEZ PAS CAPABLES…
JAMAIS NOUS NE PERCERONS LES MYSTÈRES QUI ENTOURENT LA BOÎTE DE PANDORE !
…
BONG
CLOC CLOC
CLOC
?
UNE… PIERRE ?

ATTENDS !
DAAH
ME DIS PAS QU'IL Y A VRAIMENT UNE CRÉATURE QUI...
...
NON...
JE NE VOIS RIEN.

ZWOOOSH
RIKKEL !!!
GROAAAR
WAAAAH !!!
!
DÉCROCHE TES SACOCHES !!!
VITE !!!

ÇA CRAINT…
!
SLAASH
RIKKEL ! TOUT VA BIEN ?!?
ÇA VA…
MAIS…
GLOUP
MILLE-PATTES ÉCERVELÉ !!!
IL A GOBÉ MES PRÉCIEUX REMÈDES !
IL Y AVAIT AUSSI MON CASSE-CROÛTE ! J'LE CROIS PAS…
SHKRRRR

TOUS LES DEUX ! SUR MON DOS !
BOUGEZ-VOUS !!!
GRÔAAAR
SHKRRRRR
DOM
DOM
DOM
DOM
DOM
!!!
IL EST PÉNIBLE ...

IL NE ME LÂCHE PAS FACILEMENT !!!
FFRUUUUH
BADABOUM!
PSHIII
!!!
ÇA...
ÇA NE LUI A RIEN FAIT ?!?

ON DIRAIT QUE SA CARAPACE EST CONSTITUÉE DE ROCHE...
ELLE EST PEUT-ÊTRE IGNIFUGÉE ?!?
IL REPASSE À L'ATTAQUE !!!
COMMENT JE FAIS, MOI ?!?
BIP BIP
JE DÉTECTE UN MOUVEMENT DU GOUPIL...
PRÈS DE L'INTERSECTION 49.
IL A ENCORE TROUVÉ UNE PROIE ?
BAH, SI C'EST LE CAS...
NOUS N'AURONS PAS À LE NOURRIR, AUJOURD'HUI.

HAA...
HAA...
HAA...
HAA...
IL M'A FICHU UNE DE CES TROUILLES...
VOUS CROYEZ QU'ON L'A SEMÉ ?
HAA...
POURQUOI NE L'A-T-ON PAS REMARQUÉ...
MALGRÉ SA TAILLE ?!?
TU N'AS PAS TORT...
L'EAU NE L'AURAIT PAS DISSIMULÉ DE LA SORTE, JE PENSE...
CRIIK
PEUT-ÊTRE QUE CETTE CRÉATURE DISPOSE D'UNE CAPACITÉ PARTICU...

GRÔAAAR
GJORR !!!
KRKRR
!!!
LA SALETÉ...
IL A LA FACULTÉ DE SE MOUVOIR À TRAVERS LA PIERRE, OU QUOI ?!?
SI C'EST LE CAS, ON EST MAL !
ÉLOIGNEZ-VOUS DES ROCHERS...
CRIII
CRIIK
!

CLAAAP
!!!
NOOON !!!
IL A AVALÉ LE P'TIT BONHOMME !
ROAAARH
ZWOOOSH
WAAAH !!!

!
TCHAAAK
TCHAK
TCHAK
?!?
...
INUTILE...
JE NE PEUX PAS LE TRANSPERCER !

LIA ! REVIENS !
DAAAASH
IL FONCE SUR LA PAROI ROCHEUSE !!!
SWOOOSH
RIKKEL !
PUISQUE C'EST ÇA...
TIENS-MOI BIEN !!!
CLONG
CLONG
!!!
IL A DISPARU DANS LA ROCHE...

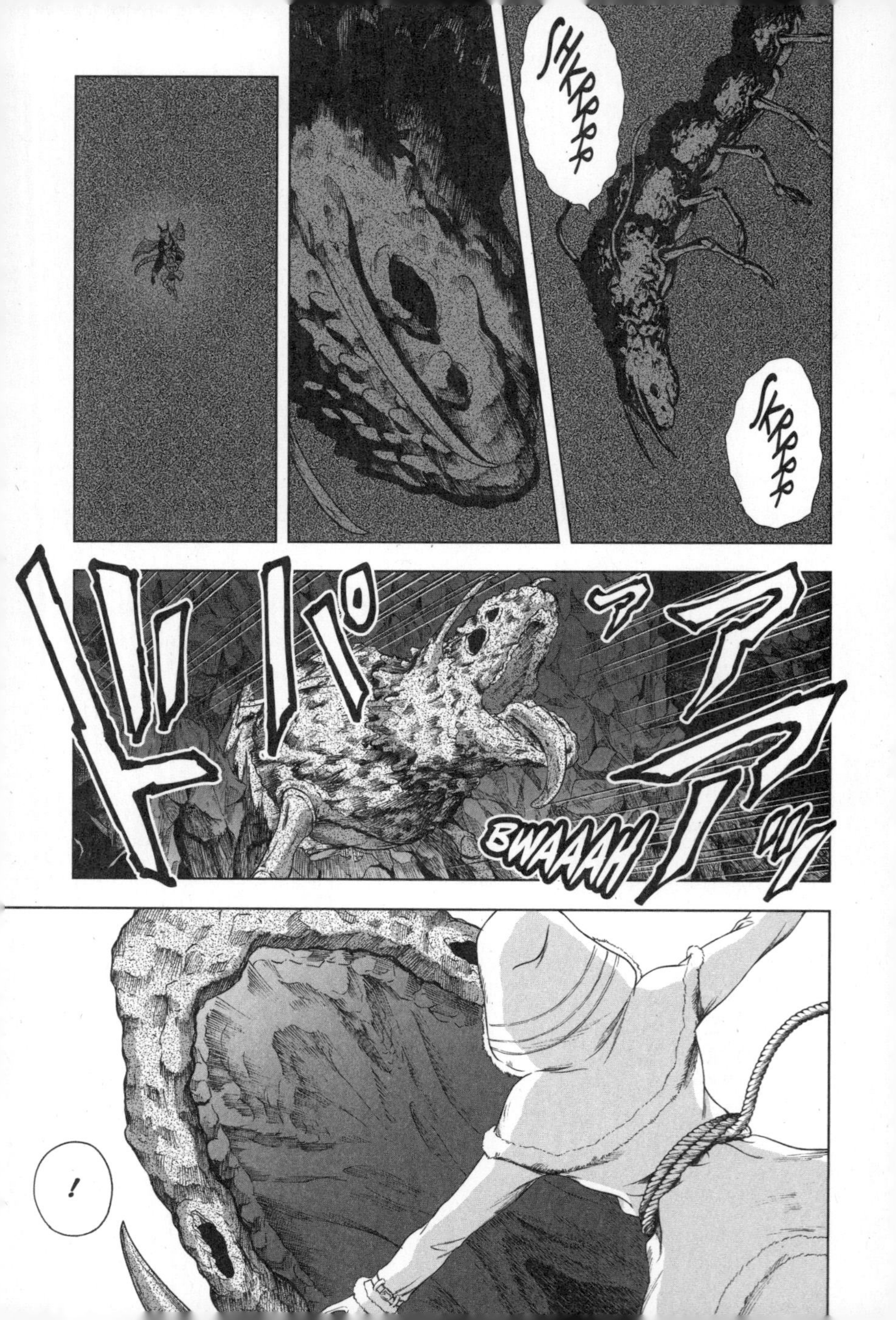
SHKRRRR
SKRRRR
ドパァアアッ
BWAAAH
!

CLAAAP
DZIIING
SHKRRRR
GRÔAAAR
GJORR !!!
EST-CE QUE ÇA VA ?
RÉPONDEZ-MOI, JE VOUS EN PRIE !!!
PITIÉ...
FAITES QUE LE P'TIT BONHOMME NE SOIT PAS DÉCHIQUETÉ ...
QUE LIA PUISSE LE REMONTER, ET QUE JE LES SORTE DE LÀ...

SPLAAASH
DZIIING
OUH LÀ !
SCRATCH
AAAAÏE !!!
!
CE... C'EST UNE BLAGUE ?!?
LIA !!!
SHHRRR

GWAAAAARHG
ESPÈCE DE MONSTRE !
T'ESSAYES DE FAIRE QUOI, LÀ ?!?
RAAAAAWRH
RAAAAAWRH
...
MAIS...
IL AGONISE ?
BLUP
BLUH
GLUP

O...!?
BLUUURP
WOUAAH ?!?
PLAF!
PLAAAF
HAA...
J'AI PU MÉLANGER CERTAINS DES REMÈ-DES...
QU'IL AVAIT AVALÉS, DANS MON SAC !
AVEC LES GAZ QUI SE LIBÈRENT DANS SON ESTOMAC...
IL NE BOUGERA PLUS PENDANT PLUSIEURS HEURES !
HAA...
BLUUURP

N'EMPÊCHE QUE C'ÉTAIT STUPIDE !
JE VENAIS DE VOUS DIRE QU'IL FALLAIT ÊTRE PRÉPARÉ...
À ABANDONNER VOS COMPAGNONS !
PARDON GJORR, MAIS...
JE NE VEUX PLUS PERDRE...
UN MEMBRE DE MA FAMILLE NI AUCUN DE MES AMIS.
C'EST LA RÉSOLUTION QUE J'AI PRISE...
EN ENTREPRENANT CE VOYAGE.

GRÔAAARGH
!!!
C'EST UNE BLAGUE ?!?
IL Y EN A ENCORE COMBIEN ?!?
DAAASH
VITE ! À L'INTÉRIEUR !!!
JE DÉTESTE CES SOUTERRAINS !!!

LES DÉPLACEMENTS DU GOUPIL...
SE SONT BRUSQUEMENT RALENTIS.
IL FAIT UNE SIESTE ?
NÉGATIF. QUELQUE CHOSE DÉRÈGLE SA TEMPÉRATURE INTERNE ET SES ONDES CÉRÉBRALES ...
C'EST INHABITUEL.
IL FAUT EN RÉFÉRER À LA DIRECTRICE MALHOT !

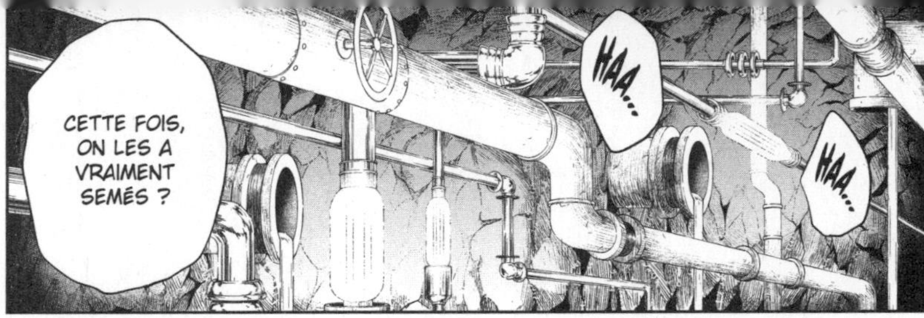

Chapitre II-5 : Un petit intrus

– little by little –

DANS CE CAS...
JE VAIS VÉRIFIER SI ON PEUT ACCÉDER AU TEMPLE, DEPUIS CETTE SALLE !
AU FAIT... COMMENT SAIS-TU QU'ON EST EN DESSOUS ?
CE QUE TU VOIS LÀ, C'EST LA TUYAUTERIE QUI GÈRE LA MAGIE.
LE SEUL ENDROIT DES ENVIRONS QUI A BESOIN D'UN RÉSEAU AUSSI DENSE, C'EST LE GRAND TEMPLE DE NÉCROMANIE.
EXCELLENTE DÉDUCTION ! LE TEMPLE EST À CÔTÉ ALORS !!!
MAIS CE NE SERA PAS UNE CIBLE FACILE.
BAAAH !!!
?!?
DU CALME ! ON SE DÉTEND !
JE NE SUIS PAS UN ENNEMI !!!

JE ME SUIS COINCÉ EN PASSANT DANS CE TUYAU…
ET JE N'ARRIVE PLUS À SORTIR.
UN COUP DE MAIN NE SERAIT PAS DE REFUS !
DE… QUOI ?
C'EST QUI CE TYPE ?
ATTENDS, RIKKEL.
HEIN ?
DIS-NOUS D'ABORD CE QUE TU FAISAIS ICI !
QUI NOUS DIT QUE TU N'ES PAS AU SERVICE D'HUMANIA ?

SI J'AVAIS ÉTÉ UN ENNEMI...
JE VOUS SERAIS TOMBÉ DESSUS SANS PRÉVENIR !
RASSURE-TOI.
MOI, C'EST PITT.
JE SUIS CE QU'ON APPELLE UN NÉGOCIANT D'INFORMATIONS.
IL SE TROUVE QUE J'AURAIS BESOIN DE RENSEIGNEMENTS PROVENANT DES CRÂNES DE NÉCROMANIE.
VOUS AUSSI VOUS VOUS FAUFILEZ EN DOUCE, NON ?
SI VOUS M'AIDEZ, JE VOUS EXPLIQUERAI COMMENT L'INTÉRIEUR DU TEMPLE EST CONSTRUIT !
POUR CETTE FOIS-CI, JE VOUS FILE L'INFO GRATUITEMENT !
ALORS ? VOUS EN DITES QUOI ?
...
PFIOU...

LES GARS ! VOUS ME SAUVEZ LA VIE !
JE COMMENÇAIS VRAIMENT À CROIRE QUE J'ALLAIS MOURIR DE FAIM !
ON DIRAIT BIEN QUE MA CHANCE NE M'A PAS ABANDONNÉ...
KHI HI HI !
TU PARLAIS DE LA STRUCTURE DU TEMPLE...
JE SUPPOSE QUE CE N'EST PAS LA PREMIÈRE FOIS QUE TU ESSAYES DE T'INFILTRER...
BAH...
!
LA SALLE DE CONTRÔLE DE LA MAGIE, À L'ÉTAGE...
CONTIENT UN PAQUET DE CRÂNES RENFERMANT DES INFORMATIONS TRÈS PRÉCIEUSES.
SI VOUS MANIPULEZ LE PANNEAU DE CONTRÔLE...
SANS QUE LES HUMAINS NE VOUS VOIENT...
VOUS AUREZ TOUTES VOS INFORMATIONS, ET PERSONNE NE S'APERCEVRA DE RIEN !

SAUF QU'AVEC LA RÉCENTE ARRIVÉE DE LA DIRECTRICE MALHOT...
LE SYSTÈME DE SURVEILLANCE A CHANGÉ, IL EST DIFFICILE DE S'INFILTRER MAINTENANT !
CETTE FOIS-CI, J'AI EU BEAU ME CREUSER LA TÊTE ET ESSAYER TOUT UN TAS DE STRATAGÈMES...
J'AI DÛ REBROUSSER CHEMIN, LA QUEUE ENTRE LES PATTES...
MON ANCIENNE TECHNIQUE NE PASSE PLUS !
SI AU MOINS JE POUVAIS ME CONNECTER AU PANNEAU DE CONTRÔLE...
JE SUIS SÛR QU'IL POURRAIT ÊTRE PIRATÉ, MAIS...
CE N'EST PAS VRAIMENT MON DOMAINE...
PIRATER LE PANNEAU ?
JE DEVRAIS EN ÊTRE CAPABLE.
HEIN ?
EST-CE QUE...
TU MANIES LA MAGIE DE TRANSMISSION ?
ATTENTION ! SI TU T'INFILTRES DANS CE SYSTÈME...
TU VAS DEVOIR ANALYSER LES FRÉQUENCES RÉSERVÉES À HUMANIA...
J'AI EU L'OCCASION DE COMMUNIQUER AVEC LES HUMAINS, PAR LE PASSÉ...
J'EN AI DÉJÀ PROFITÉ POUR DÉCORTIQUER LEURS FRÉQUENCES.

JE VOIS...
VOILÀ QUI DEVIENT INTÉRES-SANT !
FAISONS ÉQUIPE !!!
JE ME CHARGE DE VOUS CONDUIRE JUSQU'À LA SALLE DE CONTRÔLE DE LA MAGIE !
TU FERAIS ÇA ?!?
GJORR !
MÊME EN GRIMPANT DE CE CÔTÉ...
NOUS N'ATTEIN-DRONS PAS LA SURFACE ...
!!!
UNE HUMAINE ?!?

HEIN ?
TRAÎTRES ! VOUS OSEZ DOUTER DE MOI...
ALORS QUE VOUS PACTISEZ...
AVEC CES ORDURES D'HUMANIA ?!?
ARRÊTE !!!
C'EST MA SŒUR...
CE SERAIT TROP LONG À EXPLIQUER, MAIS...
ELLE EST AVEC NOUS !
BOUM
POURQUOI Y A-T-IL UN HUMAIN, ICI ?!?
FAUT L'ATTRAPER !!!
C'EST MOI QUI VAIS LUI FAIRE LA PEAU !!!
BOUM
BOUM

BON...
SI VOUS LE DITES...
HEIN ?
ALLEZ ! SUIVEZ-MOI !
C'EST PAR ICI !
UNE SALLE POUR CONTRÔLER LA MAGIE ?
C'EST ÇA.
ET C'EST LÀ-BAS QU'ON VA ?
...

EXCUSE-MOI...
JE PEUX SAVOIR POURQUOI ...
MA PRÉSENCE NE TE DÉRANGE PAS PLUS QUE ÇA ?
LES AUTRES ESPÈCES ...
DÉTESTENT TOUS LES HUMAINS.
BAH, LES GOÛTS ET LES COULEURS ...
C'EST PAS COMME ÇA...
QU'ON SE FAIT DE L'ARGENT !
POUR UN PRO COMME MOI, TOUT CE QUI COMPTE...
C'EST LE RÉSEAU, L'ARGENT... ET ÉVITER DE ME FAIRE TROUER LA PEAU !
LE RESTE, JE NE M'EN OCCUPE PAS !
ÇA ME GÊNE DANS MON TRAVAIL.
KHI HI HI !
...

ET VOILÀ !
C'EST ICI.
?
ÇA RESSEMBLE PLUTÔT À UNE IMPASSE…
EN PASSANT PAR CE TROU…
LES HUMAINS NE NOUS REPÉRERONT JAMAIS.
PAR-DON ?!?
COMMENT VEUX-TU QUE JE PASSE PAR UN TRUC AUSSI MINUSCU…
BOOING

シュルルルルル
DOZOZOOM
?!?
HEIN ?
IL SE PASSE QUOI, LÀ ?!?
JE... JE VIENS DE RÉTRÉCIR ?!?
CECI EST UN NIMBU-SCEPTRE !
IL SUFFIT DE FRAPPER LA TÊTE DE QUELQU'UN AVEC, POUR LE FAIRE RÉTRÉCIR EN UN RIEN DE TEMPS !
SI J'ÉTAIS COINCÉ, TOUT À L'HEURE...
C'EST PARCE QUE SON EFFET S'EST DISSIPÉ...
ET QUE JE N'ARRIVAIS PLUS À BOUGER.

MA MARCHANDISE, CE SONT LES INFORMATIONS...
KHI HI HI !
DÉSOLÉ, MAIS JE NE PEUX PAS RÉVÉLER TOUS MES SECRETS !
JE TE L'AI DÉJÀ DIT !
UN NIMBUSCEPTRE ?
C'EST CENSÉ ÊTRE L'UN DES TRÉSORS CACHÉS DES FÉES PLANTIAS ...
COMMENT AS-TU PU T'EN PROCURER UN ?!?
ALLEZ !
APPROCHEZ VOS PETITES TÊTES !
SQWIKI KWIIK

SQWIK !
SQWIKI WIKIKWIK...
WIKIPIKI SQWIK !
IL DIT QU'ON PEUT MONTER SUR SON DOS.
TU PARLES AVEC LES ANIMAUX ?!?
HEIN ?
BAH, SEULEMENT LE DIALECTE DE 300 ESPÈCES.
INCROYA-BLE !
C'EST PARTI !
ON FONCE...
DIRECTION LA SURFACE !!!

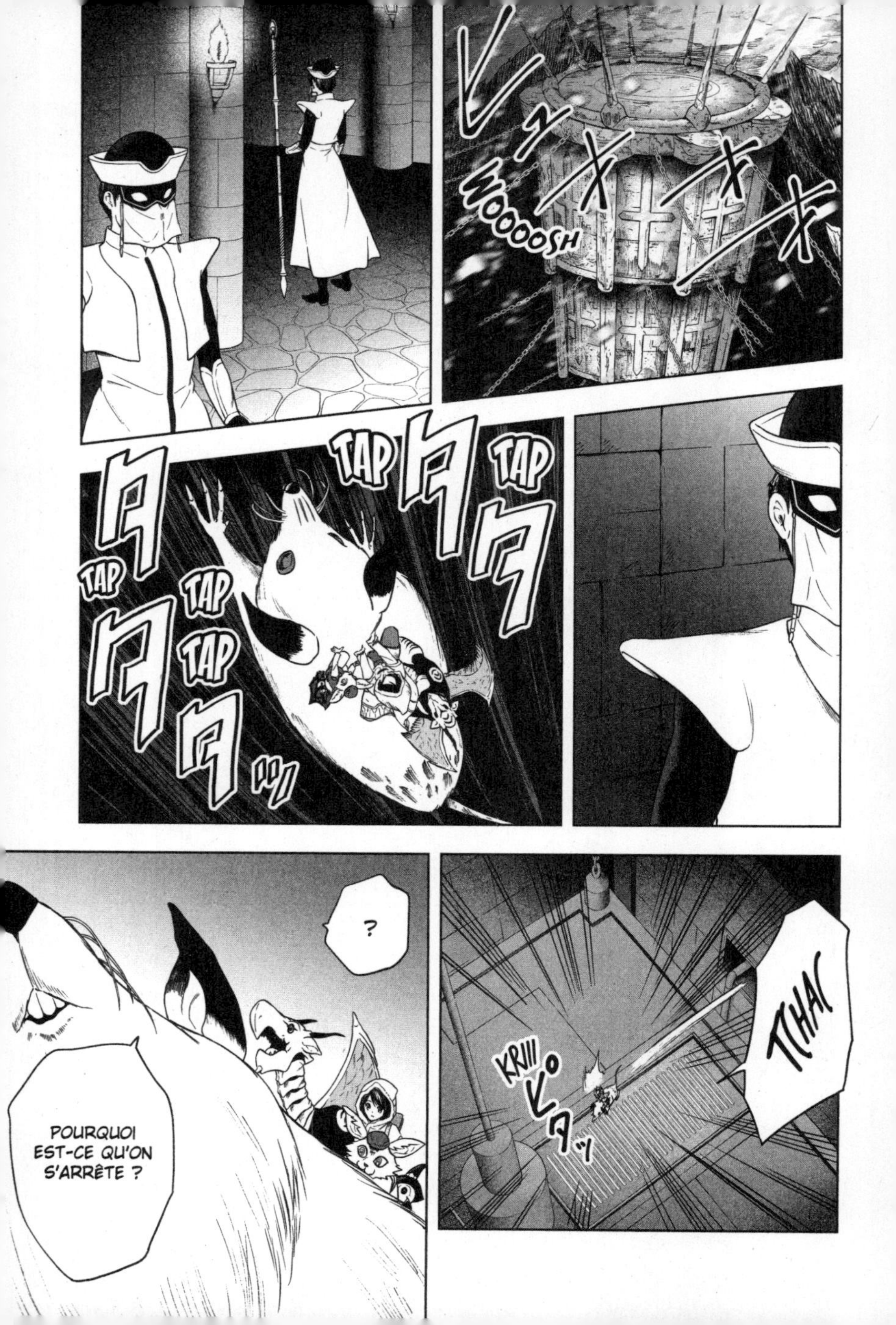
WOOOOSH
TAP TAP TAP TAP TAP
?
POURQUOI EST-CE QU'ON S'ARRÊTE ?
TCHAC
KRIII

NOUS SOMMES AU-DESSUS DE L'ASCENSEUR.
IL VA NOUS EMMENER DIRECT AU...
!
CHUT !
CLONG

VROOOOM
BIP BIP
DIRECTRICE MALHOT !
J'AI DÉCOUVERT POURQUOI LE GOUPIL EST SI FAIBLE !
C'EST À CAUSE D'UN LARGE VOLUME DE GAZ, DANS SON ESTOMAC…
JE CROIS BIEN QU'ON A DÛ LUI FAIRE INGÉRER UNE SORTE DE DROGUE…
DIING
SHRAAAC
ET LES INTRUS ?
NOUS NE LES AVONS PAS ENCORE RETROUVÉS, MAIS...
ILS NE DOIVENT PAS ÊTRE LOIN.

SLAAASH
PSHIII...

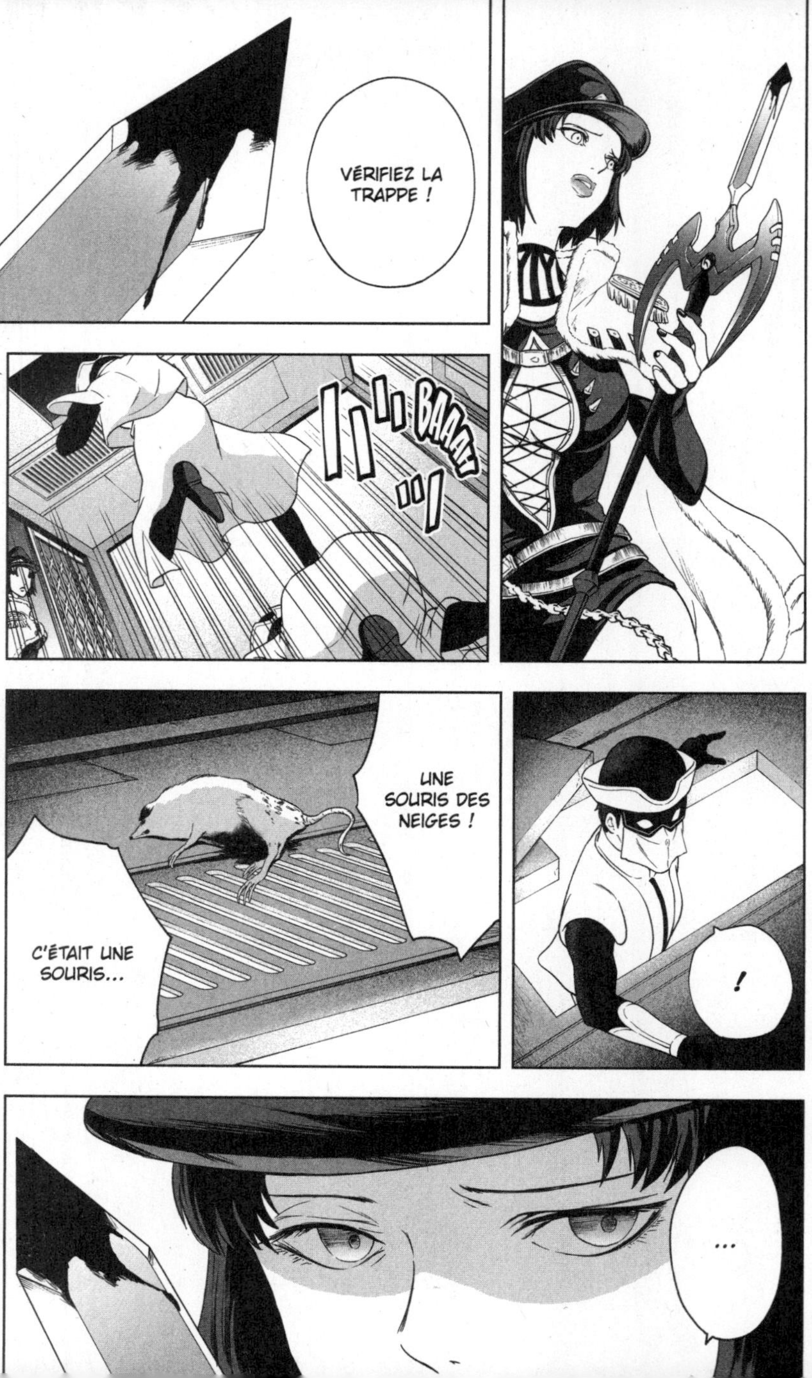
VÉRIFIEZ LA TRAPPE !
BAAAM
!
UNE SOURIS DES NEIGES !
C'ÉTAIT UNE SOURIS...
...

C'EST D'UN ENNUI ...
J'AURAIS PRÉFÉRÉ ...
QUELQUE CHOSE DE PLUS INTÉRESSANT ...
CLANG

HUM, PITT ?
CE NE SERAIT PAS…
SI.
…
VOICI LA TANT CONVOITÉE…
SALLE DE CONTRÔLE DE LA MAGIE.

PRENEZ GARDE.
C'EST LÀ QUE ÇA SE CORSE !
À PARTIR D'ICI…
C'EST LA ZONE DE SURVEILLANCE BELLANTERNE.
BELLANTERNE ?
CE SONT DES ARTÉFACTS DE SURVEILLANCE MAGIQUE, CRÉÉS PAR HUMANIA.
ILS RÉAGISSENT AUSSI BIEN AUX SONS QU'AUX MOUVEMENTS.
LES LANTERNES SONT ASSEZ SENSIBLES POUR REPÉRER UN BRUISSEMENT D'AILE…
DONC VOLER À DOS DE DRAGONNEAU ME SEMBLE COMPROMIS.

EN CONCLUSION...
IL FAUT TRAVERSER UN PAR UN...
SANS SE FAIRE REPÉRER, ET ENSUITE ?
TU VOIS LE BOUTON SPHÉRIQUE, LÀ-BAS ?
D'APRÈS MES RENSEIGNEMENTS, SI TU ARRIVES À L'ACTIVER...
TU DEVRAIS ÊTRE CAPABLE DE CONTRÔLER LE MODE DE SURVEILLANCE DES LANTERNES.
ÇA DEVRAIT PAS MAL FACILITER LE PASSAGE DU RESTE DU GROUPE.
JE VOIS...
...
C'EST ÇA, LA PRIORITÉ...
QUI VA PASSER LE PREMIER ?
CETTE HUMAINE...

A EU DE LA COMPASSION…
POUR UNE SOURIS DES NEIGES.
À PARTIR D'ICI, LE DANGER AUGMENTE …
LA MOINDRE ERREUR SERA FATALE.
TOUTE ÉMOTION SUPERFLUE POURRAIT CONDUIRE …
À UNE NÉGLIGENCE, QUI NOUS TUERAIT TOUS.
DANS CETTE INFILTRATION…
AUCUNE ERREUR N'EST PERMISE.
TOUTE PERSONNE SUSCEPTIBLE DE METTRE LA MISSION EN PÉRIL…
DOIT ÊTRE ÉVINCÉE, À LA PREMIÈRE OCCASION !

LA PORTE DE DEVANT SERT D'ENTRÉE PRINCIPALE À LA SALLE DE CONTRÔLE...
ELLE EST TROP BIEN GARDÉE. L'INFILTRATION EST IMPOSSIBLE, MAIS...
AUCUN HUMAIN...
NE S'ATTEND À CE QUE DES INTRUS DE TAILLE RÉDUITE...
TENTENT DE PÉNÉTRER LA SALLE EN PASSANT PAR LA TUYAUTERIE !
PAR CONTRE...
ÇA N'EN REND PAS CETTE ROUTE...
PLUS FACILE À PARCOURIR...
BZZZ
?!?

...
UNE MOUCHE ?
BZZZ
?!?
BOOOOM
VOUS VOYEZ ?
LES LANTERNES NE LAISSENT MÊME PAS...
PASSER UNE MOUCHE.
SI ELLES VOUS REPÈRENT...
VOUS SEREZ RÔTIS AVANT D'AVOIR PU DIRE "OUF" !

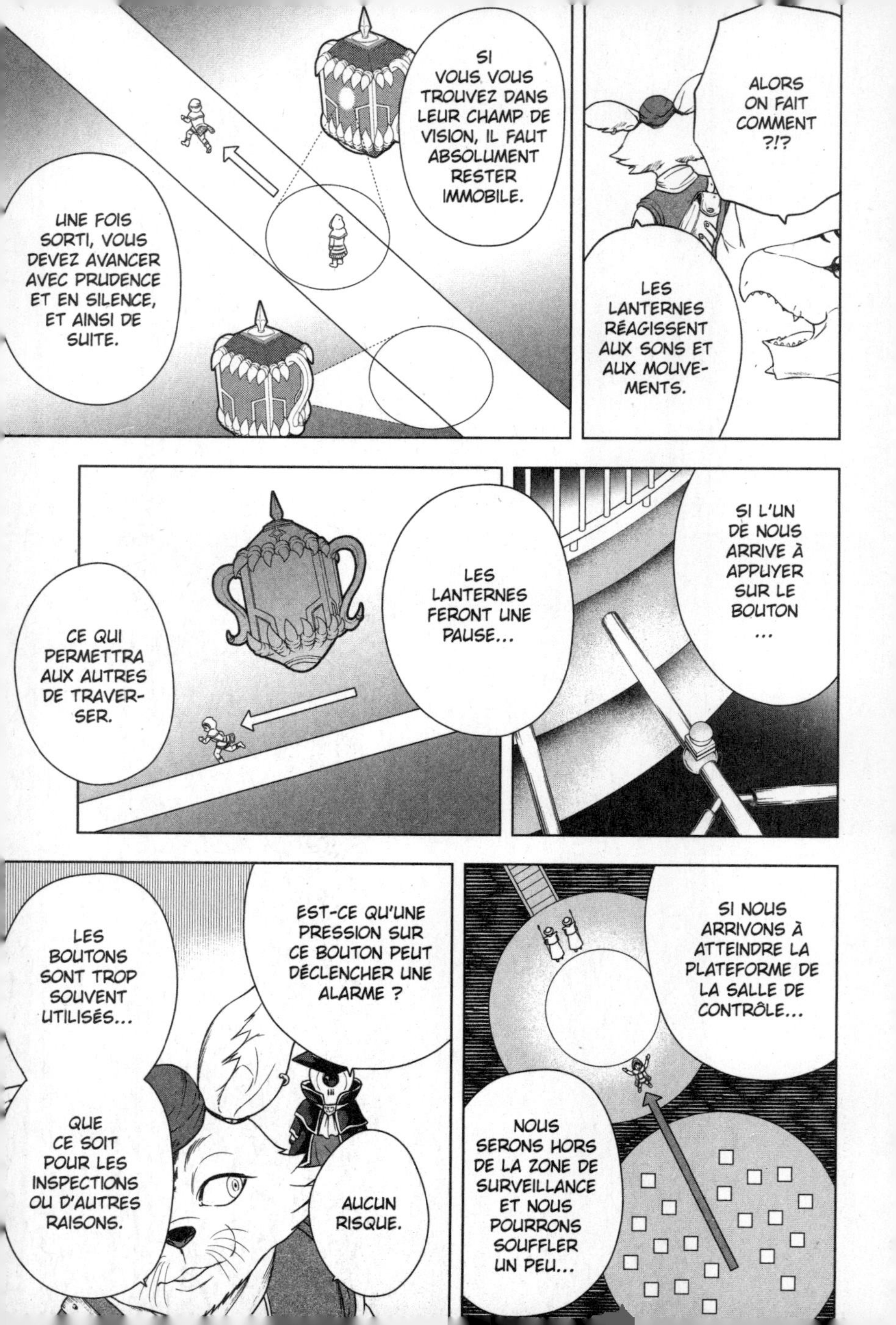

ALORS ON FAIT COMMENT ?!?
LES LANTERNES RÉAGISSENT AUX SONS ET AUX MOUVE-MENTS.
SI VOUS VOUS TROUVEZ DANS LEUR CHAMP DE VISION, IL FAUT ABSOLUMENT RESTER IMMOBILE.
UNE FOIS SORTI, VOUS DEVEZ AVANCER AVEC PRUDENCE ET EN SILENCE, ET AINSI DE SUITE.
SI L'UN DE NOUS ARRIVE À APPUYER SUR LE BOUTON ...
LES LANTERNES FERONT UNE PAUSE...
CE QUI PERMETTRA AUX AUTRES DE TRAVER-SER.
SI NOUS ARRIVONS À ATTEINDRE LA PLATEFORME DE LA SALLE DE CONTRÔLE...
NOUS SERONS HORS DE LA ZONE DE SURVEILLANCE ET NOUS POURRONS SOUFFLER UN PEU...
EST-CE QU'UNE PRESSION SUR CE BOUTON PEUT DÉCLENCHER UNE ALARME ?
LES BOUTONS SONT TROP SOUVENT UTILISÉS...
QUE CE SOIT POUR LES INSPECTIONS OU D'AUTRES RAISONS.
AUCUN RISQUE.

EN REVANCHE, LES GARDIENS POURRAIENT REMARQUER QUELQUE CHOSE ET S'APPRO-CHER…
UNE FOIS LE PASSAGE DÉGAGÉ, IL FAUDRA QUE NOUS NOUS PRÉCIPITIONS TOUS DE L'AUTRE CÔTÉ !
TU CONNAIS TOUT DANS LES MOINDRES DÉTAILS.
BAH ! LES LANTERNES SURVEILLENT UN PAQUET D'ENDROITS…
JE COMMENCE À AVOIR L'HABITUDE.
LE PROBLÈME, C'EST PLUTÔT DE SAVOIR…
QUI IRA APPUYER SUR CE BOUTON…
IDÉALEMENT, CE DEVRA ÊTRE UNE PERSONNE SEULE.
PLUS VOUS SEREZ NOMBREUX, PLUS LES RISQUES AUGMEN-TERONT.
C'EST MOI QUI IRAI.

C'EST MOI QUI SUIS À L'INITIATIVE DE CETTE EXPÉDITION, ALORS...
C'EST À MOI DE LE FAIRE.
HMM...
TU ES SÛRE QUE TU Y ARRIVERAS SEULE ?
ET SI UNE AUTRE PERSONNE T'ACCOMPAGNAIT, LIA ?
J'Y VAIS AVEC TOI !
TOUT DOUX !
SI VOUS VOUS INQUIÉTEZ AUTANT, J'IRAI AVEC ELLE.
ON AURA BESOIN DU DRAGONNEAU POUR S'ÉCHAPPER, SI JAMAIS ON SE FAIT REPÉRER...
ET TOI, ON NE PEUT PAS RISQUER QUE TU MEURES AVANT QUE TU AIES PIRATÉ LE PANNEAU !
PAR ÉLIMINATION, IL NE RESTE QUE MOI !

EN PLUS, VOUS M'AVEZ DÉJÀ SAUVÉ UNE FOIS.
C'EST À MOI...
DE VOUS RENDRE LA PAREILLE !
...
C'EST ÇA...
CES DEUX-LÀ POURRAIENT ENCORE ÊTRE UTILES.
NON, IL N'Y A QUE CETTE HUMAINE...
QUI NE SERT À RIEN.
JE PEUX SAVOIR POURQUOI...
MA PRÉSENCE NE TE DÉRANGE PAS PLUS QUE ÇA ?
LES AUTRES ESPÈCES...
DÉTESTENT TOUS LES HUMAINS.

BIEN SÛR QUE JE HAIS LES HUMAINS !
C'EST UNE ÉVIDENCE !!!
TOUT À L'HEURE J'AVAIS BESOIN D'AIDE…
J'ÉTAIS OBLIGÉ DE DIRE CE QU'ILS VOULAIENT ENTENDRE.
BOOOOM
!
FRUUUH
J'AI FAIT EN SORTE QUE CETTE HUMAINE PASSE LA PREMIÈRE, MAIS…
CE SERAIT PLUS PRATIQUE QUE JE PRENNE LA TÊTE…
POUR M'ASSURER QUE CETTE SALE GOSSE…
CONNAISSE LE MÊME DESTIN FUNESTE QUE CETTE MOUCHE !

NE PERDONS PAS PLUS DE TEMPS À DISCUTER ...
IL FAUT Y ALLER !
D'AC-CORD !
UNE FOIS CETTE LIMITE MAGIQUE FRANCHIE, NOUS PÉNÉTRERONS DANS LA ZONE DE SURVEILLANCE.
NOS VOIX ET NOS MOUVEMENTS POURRONT ÊTRE DÉTECTÉS !
ZIIII... ZIIING
...
HAAA...
FIOUUU...
HMMM
ZIIING

びよーーん
BOOIING
HUMPF ?!?
DIS... DIS DONC, RIKKEL !
QU'EST-CE QUE TU FAIS ?
T'AS BEAU PRENDRE DE GRANDES INSPIRATIONS...
TU ES TROP STRESSÉE.
RESTE COMME TU ES, ET ÇA IRA !
JE SAIS QUE TU PEUX Y ARRIVER, GRANDE SŒUR !
ATTENDS ! QUAND ON AURA TRAVERSÉ...
MOI AUSSI JE TE FERAI FAIRE LA GRIMACE !
HÉ HÉ !
ESSAIE POUR VOIR !!!

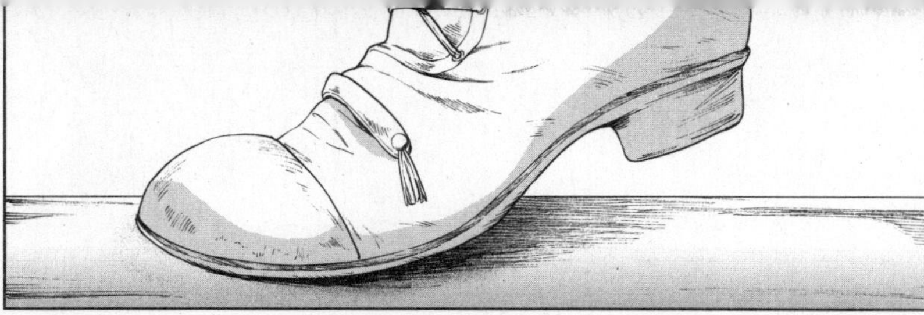

Chapitre II-6 : Entre la vie et la mort

– take a look around –

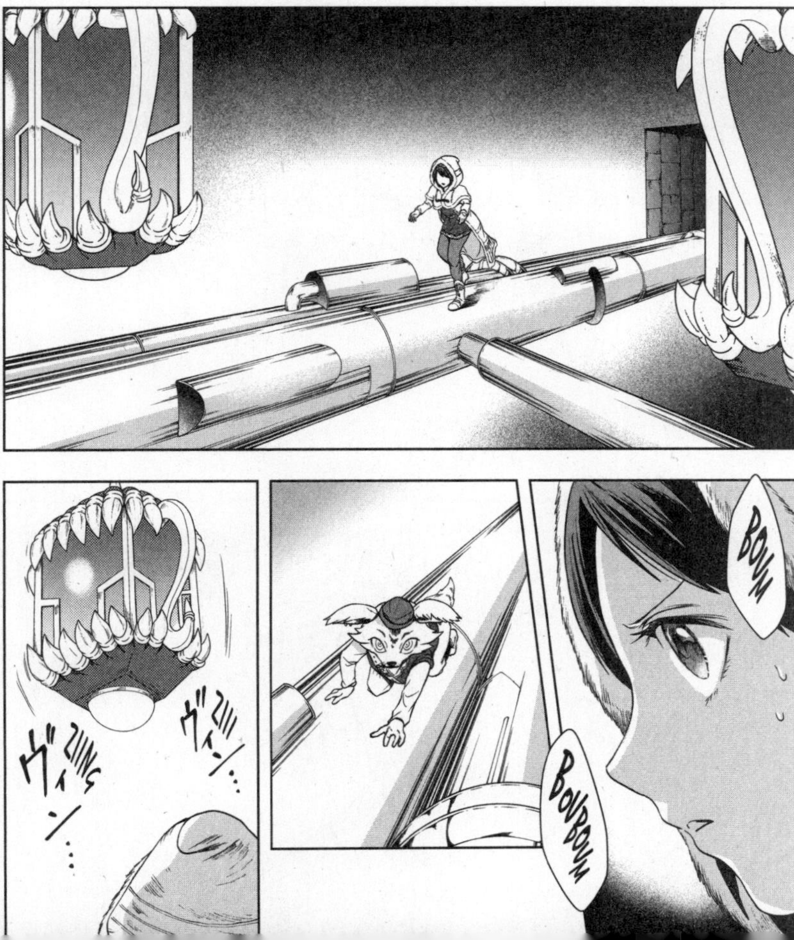

オオ
FLAASH
ELLE EST DANS LE CHAMP DE VISION DE LA LANTERNE !
IL NE FAUT SURTOUT PAS QU'ELLE BOUGE !!!
...
ZUT...
ELLE ME SCRUTE ALORS QUE JE SUIS...
EN ÉQUILIBRE !
PARFAIT...
MAIN-TENANT, PERDS JUSTE TON ÉQUILIBRE ...

BOUM
ZIING
BOUM
ZIING ZIIN
BOUM
WOOSH
スッ…
TAP
SHH
ササッ
TSS...

BILLLM
HEIN ?!?
BAAAM
FRRH
FRFUUH
FSHAAA
JE… J'AI EU UNE DE CES TROUILLES !
C'ÉTAIT LA MOUCHE QU'ELLE AVAIT REPÉRÉ ?!?
SHIII

ÇA S'ANNONCE DIFFICILE…
POURVU QU'ILS FASSENT ATTENTION…
ET NE TOMBENT PAS, TOUS LES DEUX…
J'AI ÉTUDIÉ ASSEZ LONGTEMPS CES LANTERNES…
POUR COMPRENDRE QU'ELLES SUIVENT…
UN SCHÉMA DE DÉPLACEMENT SPÉCIFIQUE.
GROUILLE-TOI DONC DE TE FAIRE RÔTIR…
QUE JE SOIS LE SEUL À ACTIVER LE BOUTON.
ÇA SERAIT JUSTE PARFAIT !
IL Y A UN PAQUET D'INSECTES, CES DERNIERS TEMPS !

SURTOUT DEPUIS QUE...
LA DIRECTRICE S'AMUSE À DÉCORER LES MURS AVEC LES CADAVRES DES INTRUS.
C'EST AGAÇANT... ÇA ACTIVE LES LANTERNES À TORT ET À TRAVERS !
FAUDRAIT FAIRE QUELQUE CHOSE CONTRE SES PASSE-TEMPS DE DÉPRAVÉE...
LES GARDIENS ...
AUSSI PETITS QUE NOUS SOYONS...
NOUS VERRONT QUAND MÊME SI NOUS APPROCHONS TROP PRÈS DU BOUTON.
ÇA VA ÊTRE DIFFICILE D'ÉVITER...
LES LANTERNES ET LA GARDE EN MÊME TEMPS.
IL FAUDRAIT ...
QUE JE TROUVE AU MOINS UN POINT FAIBLE AUX LANTERNES...
?

C'EST TELLEMENT DANGEREUX, J'AI DÛ MAL À REGARDER...
LIA AVANCE PLUTÔT BIEN...
ET LE PETIT LA SUIT SANS HÉSITER.
DIS, TU N'AS PAS PEUR ?
QU'EST-CE QUE ÇA CHANGERAIT ?
JE PRÉFÈRE LEUR FAIRE CONFIANCE ET ATTENDRE !
MAIS BON...
LA SITUATION EST TOUT DE MÊME CRITIQUE.
JE NE POURRAI PAS LES AIDER, PLANTÉ ICI !
J'Y VAIS AUSSI !
HEIN ?!?
MAIS ATTENDS !
TU VAS PAS ME LAISSER TOUT SEUL ?!?
PLAAAF
QUE... QUOI ?!?
LÂCHE-MOI !
TU VAS VRAIMENT LES REGARDER SANS RIEN FAIRE ?!?
BOUCLE-LA !
COMME SI J'ALLAIS LAISSER UN NABOT RISQUER SA VIE, SANS RIEN FAIRE !!!

ZIII ZING
ZIII ZING
LE BRUIT, QUAND IL SE DÉPLACE...
IL A UNE SORTE DE RYTHME.
C'EST EN FONCTION DE LEURS MOUVEMENTS ?
DANS CE CAS...
ZIIN
ZIII ZING
TROIS...
DEUX...
ZIING
UN !!!
DAASH

TCHAC
J'EN ÉTAIS SÛRE !
SI ON SE FIE AUX BRUITS...
ON PEUT ANTICIPER LE DÉPLACEMENT DES LANTERNES !!!
J'LE CROIS PAS...
ELLE A DÉJÀ FAIT LA CORRÉLATION ENTRE LES MOUVEMENTS ET LES SONS ?
DOMMAGE, C'EST UN PEU TARD...
ZOOM
DZOOM
ELLE S'EST DÉJÀ JETÉE...
DANS LA GUEULE DU LOUP !!!

!
JE ME SUIS FAIT ENCERCLER…
PAR TROIS LANTERNES !
MÊME SI J'ÉVITE UN PREMIER CHAMP DE VISION…
JE VAIS FORCÉMENT ME FAIRE REPÉRER PAR UN AUTRE…
JE VAIS RESTER BLOQUÉE ICI !
ELLE EST FICHUE !
ÇA SEMBLAIT ÊTRE UNE BONNE IDÉE DE PASSER…
LÀ OÙ LA TUYAUTERIE PEUT TE DISSIMULER, MAIS…
IL FALLAIT EN RÉALITÉ CONTOURNER CE CHEMIN-CI…
ET SUIVRE LE PLUS LONG, À PARTIR DE CET EMBRANCHEMENT !

LIA !!!
OH NON !!!
MÊME EN LA REJOIGNANT, PAS MOYEN DE L'AIDER !
CES TROIS-LÀ BOUGENT À PEINE. ELLES SE CONTENTENT DE TOURNER…
JE NE POURRAI PAS LES ÉVITER…
SAUF…
ヴィ… ZIIING
ヴィイン… ZIIING
CLONG
LÀ !!!
IL Y A UN MOMENT, LORSQU'ELLES TOURNENT…
IL Y A UN BREF INSTANT…
OÙ JE ME RETROUVE HORS DE LEURS CHAMPS DE VISION !

SI J'ARRIVE À ME FAUFILER...
AU BON MOMENT...
ELLE N'AURA PAS PLUS D'UNE SECONDE...
POUR S'ÉCHAPPER, SI ELLE VEUT SURVIVRE.
...
TROIS...
C'EST IMPOSSIBLE ...
DE PASSER AUSSI VITE !
ÉLANCE-TOI, MAIS...
TU FINIRAS GRILLÉE COMME UN VULGAIRE INSECTE !
DEUX...
UN !

ELLE A SAUTÉ ?!?
ZWOOOSH
BIP BIP BIIIIP
BILLLLLM
FFRUUH

NON...
CE N'EST...
QUE SA VESTE ?!?
CLONG
HAA
HAAA
ELLE S'EST DÉSHABILLÉE, SANS QUE LES LANTERNES NE LA REMARQUENT...
PUIS ELLE A LANCÉ SA VESTE EN L'AIR, POUR DÉTOURNER LEUR ATTENTION...
ET GAGNER LES PRÉCIEUSES SECONDES QU'IL LUI MANQUAIT ?!?

ÇA A FONC-TIONNÉ !
BOUM BOUM
ドキドキ
MAINTENANT…
IL VA FALLOIR AVANCER EN FAISANT PLUS ATTENTION…
CETTE GAMINE…
EST PLUS CORIACE QUE PRÉVU…
JE NE PEUX PAS AVANCER …
EN CONTINUANT À ME FOCALISER SUR ELLE.
…
TANT PIS.
IL VA FALLOIR QUE…
JE M'EN CHARGE MOI-MÊME !

Chapitre II-7 : Négociations au bord de l'abîme

– smoke on the water –

LA LANTERNE INSPECTE LES HAUTEURS...
C'EST MA CHANCE...
SI JE VEUX LA TUER...
C'EST MAINTENANT !!!
BIIUUUM
HI!!!
QUE... HEIN ?
BOUM
UNE AUTRE MOUCHE ?
IL NE FAUT PAS ME FAIRE DES FRAYEURS COMME...
BOUM

SWIIP
OH ?
NON...
PLAAAF
!!!

ZING
ZING
ZING
ZIIING
KIIIIH
LA LANTERNE EST JUSTE DERRIÈRE NOUS !!!
!!!
SI ELLE NOUS REPÈRE, C'EST FICHU !!!
NE... NE SURTOUT PAS BOUGER !

GNUH
GNUH
VRUUM
VRUUH
!!!
HÉ… HÉ OH !
QU'EST-CE QUE TU REGARDES ?!?
CONCENTRE-TOI PLUTÔT SUR MOI !!!
SWIII
WOOSH
MÊME SI LA LANTERNE S'EN VA…
GNIIIP
MOI…
JE VAIS TOMBER !!!

?!?
HEIN ?!?
POURQUOI ELLE A SAUTÉ ?!?
BAAAH

ZIII ZIING
ZIII ZIING
DZIIIIH
ジーッ…
HAA...
HAA...
PILE À TEMPS !
MERCI RIKKEL !
À CE MOMENT-LÀ...
QU'EST-CE QU'ILS FONT LÀ...
ATTENDS...
ILS SE FAISAIENT SIGNE ?!?

C'ÉTAIT TRÈS RISQUÉ, MAIS...
ILS SE SONT PRÉCIPITÉS...
POUR LA SECOURIR, SANS HÉSITER.
?
CE TUYAU...
BIP BIP
ICI LA DIRECTRICE MALHOT...
!
IL SE POURRAIT QUE DES INTRUS SE SOIENT INFILTRÉS DANS LE TEMPLE.
AUGMENTEZ TOUT DE SUITE LE NIVEAU DE SÉCURITÉ !
!
COMPRIS !
CLAP

PSHIIIIIII
プシュウウウウゥ
?!?
QU'EST-CE QUE...
PSHHIT
シュウウ
WIIIIH
ウウウ
WIIIIH
ウウ

!!!
ピクPIC... ピクPIC...
ME DIS PAS QUE...
C'EST DU GAZ EMPOISONNÉ ?!?
シュウウウウウ FSHAAA
À CE RYTHME-LÀ...
RÉUSSIR À APPUYER SUR LE BOUTON NE NOUS SAUVERA MÊME PLUS !
BLOM ガクッ

LIA !!!
GRANDE SŒUR !
SHOUUU
LES INTRUS SONT PEUT-ÊTRE PROCHES.
JE VAIS FAIRE UN TOUR.
MERDE !
UN DES GARDIENS VIENT VERS NOUS !!!
JE RETIENS MON SOUFFLE ET JE FAIS DEMI-TOUR ?
NON... IMPOSSIBLE.
LES LANTERNES VEILLENT, ET JE NE TIENDRAI JAMAIS JUSQUE LÀ-BAS...

QUE...
KUF
KHUF
QU'EST-CE QU'ON DOIT FAIRE ?!?
MMUH

POM
BOOOM
?!?
PLOC
FLAAAATCH

BIP
BIP
BIP
BIP
BIUUUM
BI BI
BIUUM
C'EST QUOI ÇA ?
QU'EST-CE QU'IL ARRIVE AUX LANTERNES, TOUT À COUP ?
VA VITE LES DÉSACTIVER !
CLING
IL Y A UNE FUITE...
C'EST ÇA QUI A DÛ LES FAIRE RÉAGIR ...
MAIS POURQUOI MAINTENANT ?

BIP BIP
DIRECTRICE MALHOT !
NOUS AVONS REPÉRÉ UNE FUITE, AU NIVEAU DU SYSTÈME DE REFROIDIS-SEMENT…
UNE FUITE, DIS-TU ?
IL A POURTANT ÉTÉ INSPECTÉ RÉCEMMENT…
S'AGIT-IL D'UNE ATTAQUE ENNEMIE ?
NON…
JE NE VOIS PERSONNE AUTOUR…
INSPECTEZ L'INTÉRIEUR DE LA SALLE DE CONTRÔLE !
IMMÉDIA-TEMENT !
!
BAAAH
BAAAH

ZWOOOSH
DIRECTRICE !
IL N'Y A AUCUNE TRACE D'INTRUSION À L'INTÉRIEUR DE LA SALLE !
VERROUILLEZ TOUTES LES ISSUES ET AUGMENTEZ LES DOSES DE GAZ TOXIQUE !
ÉVACUEZ LA ZONE ET RENFORCEZ LA SÉCURITÉ DES AUTRES ÉTAGES !
OUI, CHEFFE !!!
VLAAM
HAA...
HAAA...
HAA...

LIA ! C'ÉTAIT UN COUP DE MAÎTRE, D'AVOIR PENSÉ À LA CANALISATION !
J'AVAIS ENTENDU DE L'EAU RUISSELER DANS LES TUYAUX…
J'AI PENSÉ QU'ON POUVAIT TENTER NOTRE CHANCE …
ZUT…
ELLE S'EN EST ENCORE SORTIE AVEC LE DRAGON-NEAU.
BON SANG… COMMENT ÇA SE FAIT…
QU'UNE HUMAINE ET UN DRAGONIA SE FASSENT AUTANT CONFIANCE ?
EXCUSE-MOI, PITT.
CE NE SERAIT PAS…
UNE FIOLE DE VENIN D'ABEILLE DE FOUDRE ?
ÇA PEUT ÊTRE TRÈS DANGEREUX ! JE VAIS LE RANGER, SI TU VEUX…
AH !!!
LE POISON DONT J'AI ENDUIT MES GRIFFES POUR LA TUER…
QUAND A-T-ELLE RÉUSSI À…

MAIS, COMMENT...
COMMENT EST-CE QUE TU POURRAIS ?!? T'ES HUMAINE, CE N'EST PAS POSSIBLE...
J'AI RECONNU L'ODEUR SUR TOI, PITT.
J'AI GRANDI SUR UNE ÎLE, MON ODORAT EST PLUTÔT AFFÛTÉ.
...
MAIS...
ELLE A COMPRIS QUE J'ESSAYAIS DE LA TUER ?!?
MAIS ALORS...
ELLE M'A QUAND MÊME SAUVÉ...
EN SACHANT QUE J'EN VOULAIS À SA VIE ?!?
QU'EST-CE QU'IL SE PASSE ?
NE ME DIS PAS QUE TU VOULAIS NOUS TRAHIR ...
CALMEZ-VOUS, LES AMIS.
PITT...
SOIS HONNÊTE. TU DÉTESTES LES HUMAINS, N'EST-CE PAS ?
!

TU PRÉTENDAIS NE PAS T'EN SOUCIER, MAIS…
J'AI L'IMPRESSION QUE TA PREMIÈRE RÉACTION, TRÈS MÉFIANTE…
ÉTAIT LE REFLET DE TES VÉRITABLES SENTIMENTS.
ALORS QUE VOUS PACTISEZ…
AVEC CES ORDURES D'HUMANIA ?!?
MAINTENANT, NOUS AVONS UN POINT EN COMMUN…
NOUS PARTAGEONS LE MÊME OBJECTIF.
TU PEUX CONTINUER DE ME DÉTESTER, SI TU VEUX…
…
MAIS TANT QUE NOUS SERONS DANS CE TEMPLE…
TU POURRAIS ESSAYER DE ME CONSIDÉRER COMME UNE ALLIÉE ?

...
JE... PARDON.
POUR MOI AUSSI, C'EST IMPORTANT DE RÉUSSIR CETTE MISSION...
JE... JE NE FERAI PLUS RIEN DE BIZARRE.
!
MERCI BEAUCOUP, PITT !
HI HI !
ELLE NE ME REVIENT PAS, CELLE-LÀ...
BON SANG... C'EST QUI, CETTE HUMAINE...
POUR QU'UN DRAGONIA LUI ACCORDE UNE TELLE CONFIANCE ?
BON ! REPRENONS SUR DE BONNES BASES.
LA SALLE DE CONTRÔLE DE LA MAGIE...
SE TROUVE DROIT DEVANT NOUS !

!
LES EFFETS DU NIMBU-SCEPTRE S'ESTOM-PENT.
COM-MENT ÇA ?
ÇA A ÉTÉ PLUS RAPIDE QUE PRÉVU...
IL FAUDRA LE LAISSER SE RECHARGER UN PEU...
AVANT DE POUVOIR LE RÉUTILISER.
VOICI DONC LA FAMEUSE SALLE...
IL FAUDRA FAIRE SANS RÉTRÉCISSE-MENT, J'EN AI BIEN PEUR.
Chapitre II-8 : Attaques et défenses invisibles
– wonderwall –

D'ABORD, JE VAIS VOUS DÉBRIEFER SUR LA SUITE...
LE GRAND TEMPLE DE NÉCROMANIE...
REGROUPE UNE QUANTITÉ ASTRONOMIQUE DE CRÂNES CONTENANT LES SAVOIRS DU MONDE ENTIER.
SI VOUS UTILISEZ CE PANNEAU DE CONTRÔLE...
LES INFORMATIONS DES CRÂNES...
SERONT DIRECTEMENT TRANSMISES AU CŒUR DE LA SALLE, MAIS...
DES CAMÉRAS QUADRILLENT LA ZONE...
ET LES HUMAINS LA SURVEILLENT SANS RE-LÂCHE.
À LA MOINDRE ANOMALIE...
ILS VERROUIL-LERONT LA SORTIE À DISTANCE, EMPÊCHANT TOUTE FUITE.

C'EST LÀ…
QU'ON VA AVOIR BESOIN DE TES TALENTS.
IL FAUDRA D'ABORD QUE…
TU REMPLACES LE FLUX VIDÉO PAR UNE FAUSSE IMAGE.
ZIIIIP
JE VOIS…
C'EST BIEN PENSÉ.
EUH…
ON EST CENSÉS COMPRENDRE QUELQUE CHOSE ?
TANT QU'IL N'Y A PERSONNE DANS LA SALLE, LES CAMÉRAS TRANSMETTENT UNE VIDÉO SEMBLABLE À UNE IMAGE FIXE.
DONC, SI JE LA REMPLACE PAR UNE FAUSSE IMAGE…
LES HUMAINS CONTINUERONT DE PENSER…
QUE LA SALLE DE CONTRÔLE EST VIDE !
T'AS REMARQUÉ QUE TU AS UN TRUC QUI SORT DE TON DERRIÈRE ?
C'EST UN APPENDICE QUI ME SERT DE TERMINAISON MAGIQUE !
TAP
TAP
QUEL GAMIN INSOLENT…
C'EST BON ! C'EST FAIT.
!
DÉJÀ ?!?
JE CONNAIS LES FRÉQUENCES HUMAINES…
ÇA N'A PAS ÉTÉ TRÈS DIFFICILE DE TRANSFÉRER UNE SIMPLE IMAGE.

PARFAIT ! IL NE SE PASSE RIEN...
MAIN-TENANT, IL FAUT S'ATTAQUER AU PAN-NEAU DE CONTRÔLE !
FSHUU
BI BIP
BIP
NOUS AVONS RÉUSSI À FAIRE FUIR HUMANIA ET À SAUVER TOUT LE MONDE.
DANS LA FORÊT MÉCANIQUE...
SUR L'ÎLE DE CHOROMÉE...
MA MÈRE, LES HABITANTS...
LES VICTIMES ONT ÉTÉ INNOMBRA-BLES, MAIS...

ENFIN… NOUS SOMMES PROCHES…
DE DÉCOUVRIR LE SECRET…
DE LA BOÎTE DE PANDORE !
…
OUPS…
!
TU N'ARRIVES PAS À PIRATER LE SYSTÈME ?!?
CE N'EST PAS ÇA…
JE PEUX PIRATER LE PANNEAU, MAIS…
SI ON VEUT PASSER SOUS LES RADARS D'HUMANIA…
JE NE POURRAI PAS MAINTENIR LA CONNEXION…
PLUS DE…
CINQ MINUTES !
?!?

SÉRIEUSE-MENT ?
ÇA VEUT DIRE QU'IL VA FALLOIR TROUVER LE CRÂNE QUI NOUS INTÉRESSE…
PARMI LA MULTITUDE DE CRÂNES ENTASSÉS, ICI…
EN MOINS DE CINQ MINUTES ?!?
JE NE VOIS PAS D'AUTRE SOLUTION…
IL VA FALLOIR QU'ON TENTE NOTRE CHANCE.
ATTENDEZ UNE SECONDE.
ON N'AURA QUE CINQ MINUTES, C'EST BIEN ÇA ?
DANS CE CAS…
CHERCHONS MON CRÂNE D'ABORD…
ON VERRA POUR LE VÔTRE, ENSUITE.
C'EST NORMAL, NON ?
SANS MOI…
JAMAIS VOUS NE SERIEZ ARRIVÉS JUSQU'ICI !
!

RAPPORT DE PATROUILLE DE TOUS LES ÉTAGES !
RIEN À DÉCLARER !
LES CONCENTRATIONS DE GAZ TOXIQUES AUTOUR DE LA SALLE DE CONTRÔLE RESTENT ÉLEVÉES !
...
BI BIP
JE SUIS ENTRÉ DANS LE SYSTÈME !
CHERCHE LE PLAN SAINT !
QUOI ?
COMMENT ÇA, LE "PLAN SAINT" ?
FAIS SIMPLEMENT CE QUE JE TE DIS !

BIP BIP BIBIP
GÉNIAL !
FLASSSH
BIUUUUM
INCROYA-BLE !
FLOC
FLOC
JE L'AI VRAIMENT !!!

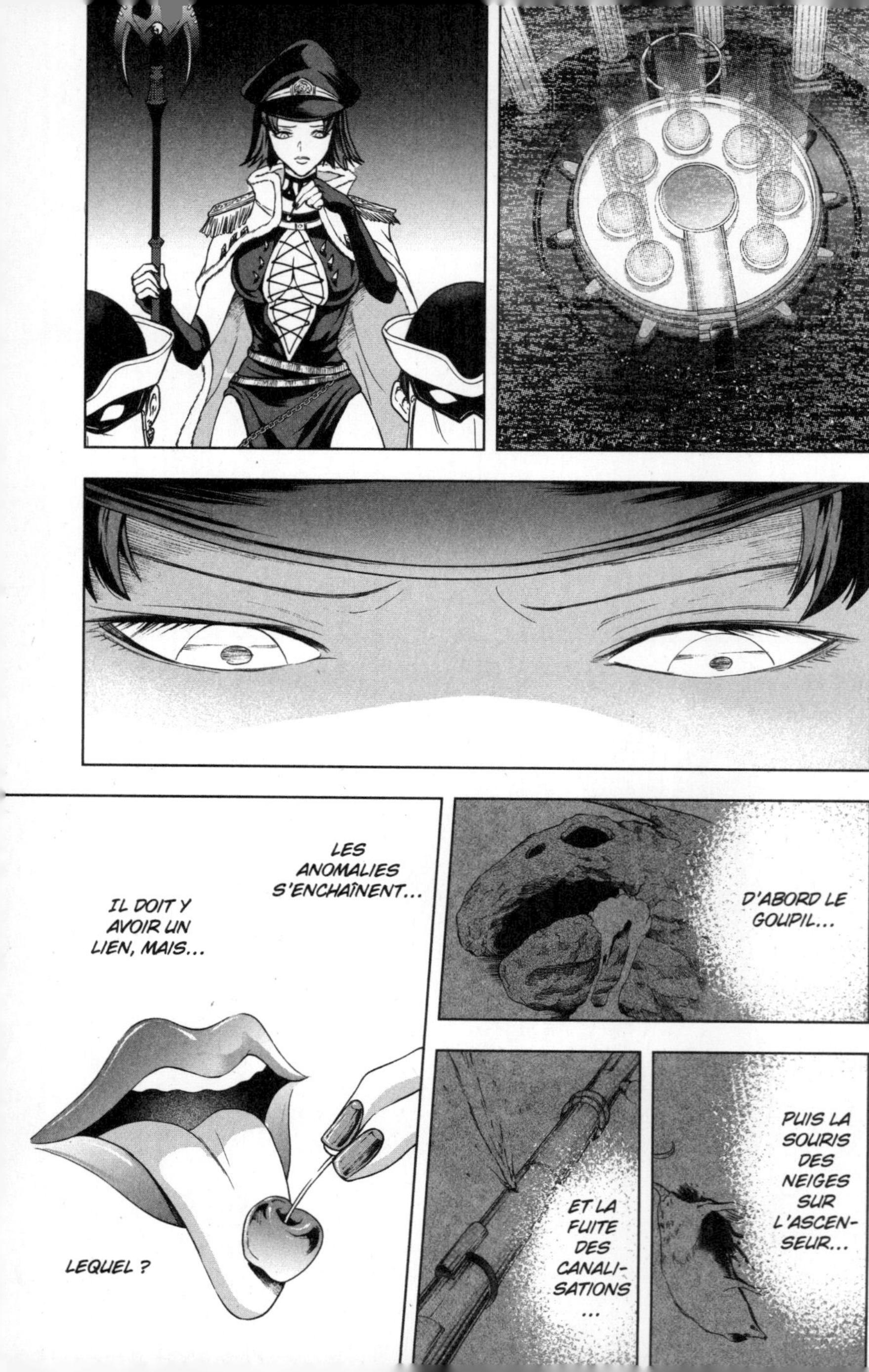
LES ANOMALIES S'ENCHAÎNENT...
D'ABORD LE GOUPIL...
PUIS LA SOURIS DES NEIGES SUR L'ASCEN-SEUR...
ET LA FUITE DES CANALI-SATIONS ...
IL DOIT Y AVOIR UN LIEN, MAIS...
LEQUEL ?

À NOTRE TOUR !
GJORR ! COMBIEN DE TEMPS NOUS RESTE-T-IL ?!?
PAS PLUS DE TROIS MINUTES, JE DIRAIS...
IL FAUT VITE RÉCUPÉRER LES INFORMATIONS SUR LA BOÎTE DE PANDORE !!!
LA BOÎTE... DE PANDORE ?
...
C'EST BIZARRE...
HEIN ?
JE N'ARRÊTE PAS DE VÉRIFIER, MAIS...
PARMI TOUS LES CRÂNES ENTREPOSÉS...
PAS UN NE CONTIENT LA MOINDRE INFORMATION SUR LA BOÎTE !!!
?!?

ELLE APPARAÎTRA À UN AUTRE ENDROIT, MAIS...
SI ELLE TENTE DE SE RENSEIGNER SUR LA BOÎTE, IL Y A DES CHANCES...
POUR QU'ELLE PASSE D'ABORD PAR LE TEMPLE DE NÉCROMANIE.
IL N'Y A RIEN SUR LA BOÎTE DE PANDORE ?!?
COMMENT C'EST POSSIBLE ?!?
P'TIT BON-HOMME !
VÉRIFIE ENCORE UNE FOIS !!!

JE NE SAIS PAS CE QUE VOUS RECHERCHEZ, MAIS…
LA BOÎTE DE PANDORE…
EST MENTIONNÉE DANS LES FOLKLORES DU MONDE ENTIER.
SI VOUS NE TROUVEZ AUCUNE INFORMATION…
CELA NE PEUT SIGNIFIER QU'UNE SEULE CHOSE.
POUR UNE RAISON OU POUR UNE AUTRE…
HUMANIA A DÛ SUPPRIMER TOUS LES RÉSULTATS DE RECHERCHE.
!
IMPOSSIBLE…

DOOOOM
?!?
KRIII
C'ÉTAIT QUOI, ÇA ?!?
QUE...
UN TREM-
BLEMENT
DE TERRE
?!?
CRAAAC
CRIIIC
CRIIIC

...
DI...
DIRECTRICE MALHOT ?
PAS UNE SEULE...
VAGUE À LA SURFACE DU BASSIN.
?!?
CETTE VIDÉO...
A ÉTÉ PIRATÉE !

C'EST QUOI, CE GRONDEMENT ?!?
J'AI UN TRÈS MAUVAIS PRESSENTIMENT, LÀ !!!
COMBIEN DE TEMPS RESTE-T-IL ?
ENCORE UNE MINUTE... NON ! QUELQUES DIZAINES DE SECONDES !
QUELLE AUTRE SOLUTION NOUS RESTE-T-IL POUR EN DÉCOUVRIR PLUS SUR LA BOÎTE ?!?
J'ESSAYE AVEC D'AUTRES MOTS-CLÉS...
JE CHERCHE, JE CHERCHE, MAIS...
JE NE TROUVE RIEN DU TOUT...
?!?
BZIIIIII
LAISSEZ-MOI VOUS AIDER !
ATTENDS ! NE FAIS PAS N'IMPORTE QUOI !!!

HEIN ?!?
L'ÉCRAN A RÉAGI...
ÇA FAISAIT LONGTEMPS QUE NOUS N'AVIONS PLUS REÇU D'INVITÉS...
PRÉPAREZ-VOUS POUR LE SPECTACLE...
ET QUE LA FÊTE EN L'HONNEUR DE NOS INTRUS ...
COMMENCE !!!

...
JE CROIS QUE...
J'ENTENDS QUELQUE CHOSE...
VRAIMENT ?
CLANG
!
C'EST PAS VRAI !
LA SORTIE VIENT D'ÊTRE SCELLÉE !!!
ILS ONT COMPRIS QU'ON ÉTAIT À L'INTÉRIEUR !!!
IL Y A QUELQU'UN QUI M'APPELLE...
DEPUIS L'AUTRE CÔTÉ... DE L'ÉCRAN !

QUOI ?
QU'EST-CE QUE TU...
コオオオ
BZZZZT
MON NOM EST LIA...
LIA FRONTIER !!!

CLOOONG
UNE PORTE ...
VIENT D'APPA-RAÎTRE ?!?

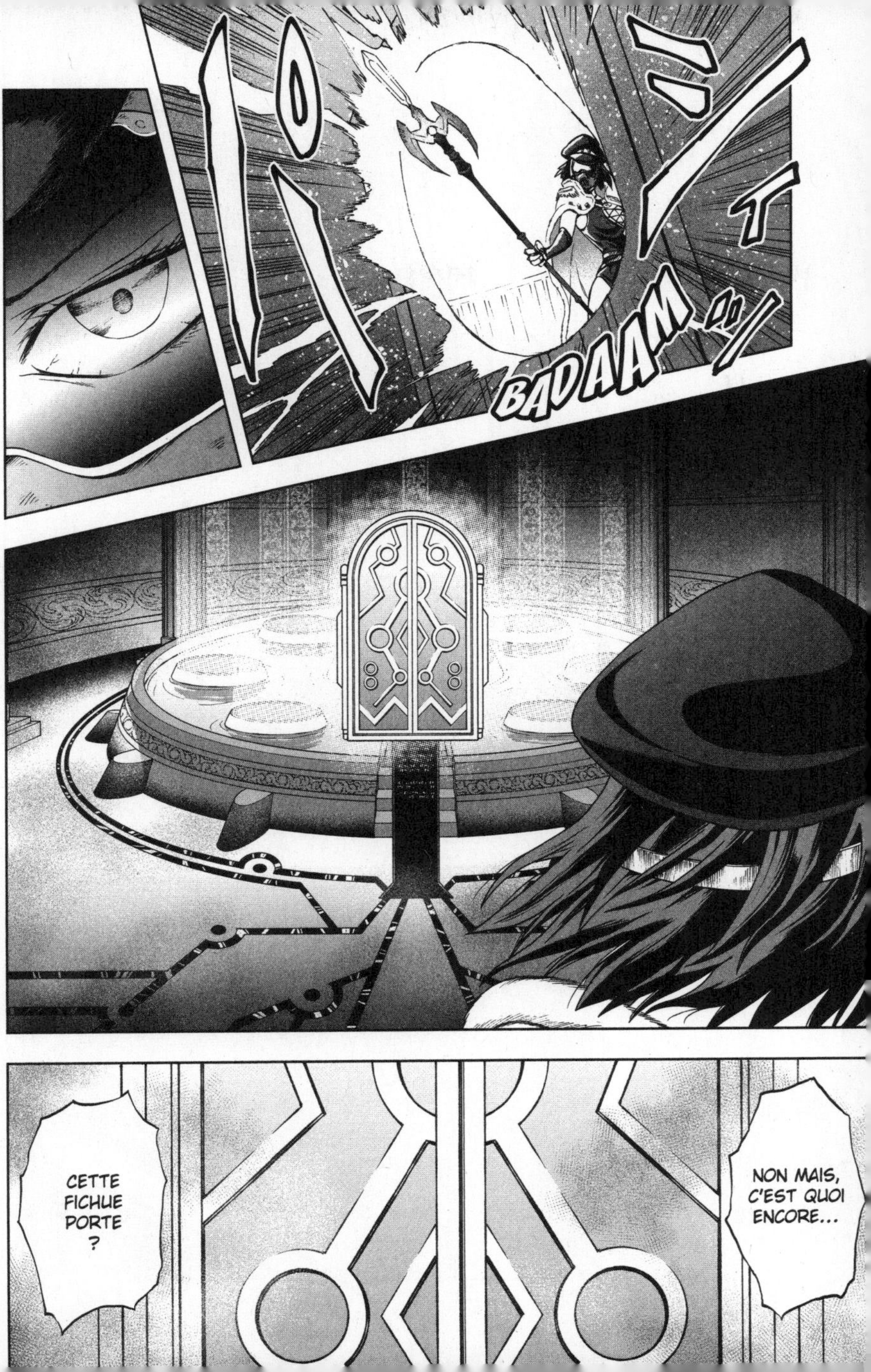
BADAAM
NON MAIS, C'EST QUOI ENCORE…
CETTE FICHUE PORTE ?

WOOOSH
EST-CE QU'ON EST...
TOUJOURS À L'INTÉRIEUR DU TEMPLE ?
OÙ EST-CE QU'ELLE MÈNE ?
JE N'EN SAIS RIEN, MOI NON PLUS !!!
AU MOINS ÇA NOUS A PERMIS DE NOUS ÉCHAPPER, MAIS...
ÉVITE LES INITIATIVES !
BON SANG, OÙ EST-CE QU'ON EST ?!?

C'EST MOI OU …
IL N'Y A PAS DE SORTIE, ICI ?!?
ATTENDEZ-VOIR…
!
EUH, LES AMIS …
ET SI C'ÉTAIT…
UN NOUVEAU PIÈGE ?!?
ÇA CRAINT…
LA PORTE AUSSI…
A DISPARU !!!
FLASH

BAAAH
!!!
IL EST BIZARRE, CE MUR !
CHUT, ATTENDEZ UNE SECONDE !
?!?
PLOC
...
INCROYABLE...
JE NE PENSAIS JAMAIS...
VOIR CE JOUR ARRIVER...
PLIC

CETTE VOIX…
CELUI QUI M'A DEMANDÉ MON NOM, TOUT À L'HEURE…
C'ÉTAIT VOUS ?
LIA FRONTIER.
ON DIRAIT BIEN QUE TU N'ES ENCORE AU COURANT DE RIEN.
JE T'EN PRIE…
ÉCOUTE AVEC ATTENTION…
LA VÉRITÉ DISSIMULÉE …
DE LA BOÎTE DE PANDORE !

Chapitre II-9 : La prophétie de la Sainte Mère
– killing in the name –

... JE N'AI PAS TOUJOURS ...
EU CETTE APPARENCE.
À L'ORIGINE, TOUT COMME TOI...
J'ÉTAIS HUMAIN.
J'AI TOUJOURS AIMÉ ÉTUDIER...
ENFANT, ON SE MOQUAIT DE MOI EN DISANT QUE...
JE DÉVORAIS PLUS DE LIVRES QUE DE FRIANDISES.

MÊME UNE FOIS ADULTE...
JE PRENAIS TOUJOURS AUTANT DE PLAISIR À M'INSTRUIRE.
LA MAGIE...
EST UNE COMBINAISON DE PARTICULES DE POUVOIR QUI, À L'INTÉRIEUR COMME À L'EXTÉRIEUR DE NOTRE CORPS, PEUVENT EXERCER DIVERS EFFETS...
LA PLUS SUBLIME DEMEURE ÉTANT...
LE POUVOIR PROPHÉTIQUE DE LA SAINTE MÈRE !
SAVIEZ-VOUS QU'UN SIÈCLE AVANT VOTRE NAISSANCE...
CETTE VILLE A FAILLI ÊTRE DÉVASTÉE À CAUSE D'UNE ÉPIDÉMIE ?
MAIS GRÂCE AUX PROPHÉTIES DE LA SAINTE MÈRE...
ELPIS A PU DÉVELOPPER UN MÉDICAMENT SPÉCIAL, AVANT MÊME LA PREMIÈRE INFECTION...
ET AUCUNE VICTIME N'AVAIT ÉTÉ DÉPLORÉE.

NOUS ALLONS ÉTUDIER ET RÉFLÉCHIR ENSEMBLE...
À UNE FAÇON D'UTILISER NOTRE MAGIE...
POUR SERVIR LE BIEN, ET LE MONDE...
TOUT COMME NOTRE SAINTE MÈRE !
VOUS ÊTES... DE L'ELPIS ?
QUE VOULEZ-VOUS ?
NOUS CHERCHONS LE PROFESSEUR SER PIERO...
LA QUALITÉ DE VOTRE THÈSE DE RECHERCHE...
SUR LA STRUCTURE DE LA MAGIE, A ÉTÉ RECONNUE PAR LE TRIUMVIRAT.
C'EST POURQUOI...

AU GRAND TEMPLE DE NÉCROMANIE.
VOTRE ASSISTANCE EST REQUISE POUR UNE MISSION...
CHACUN DE CES CRÂNES RENFERME VRAIMENT...
DES TRÉSORS DE SAVOIR ?!?
IN... IN-CROYABLE...
JUSQU'À PRÉSENT, TOUT ÉTAIT GÉRÉ MANUEL-LEMENT, MAIS...
NOUS AIMERIONS QUE VOUS PROGRAMMIEZ UN SYSTÈME CAPABLE DE RECHERCHER LES CRÂNES PAR MAGIE.

VOTRE SALAIRE SERA DOUBLÉ.
POUR VOTRE EMPLOI D'ENSEIGNANT, NOUS PRENDRONS LES DISPOSITIONS NÉCESSAIRES...
VOUS AVEZ UN AN POUR MENER À BIEN CETTE MISSION, LOGÉ SUR PLACE.
POUR QUE VOUS BÉNÉFICIIEZ DE CONGÉS.
CE... C'EST D'ACCORD !
J'ACCEPTE !!!
JE SERAI RAVI DE M'OCCUPER DE CE PROJET !
DURANT MES PAUSES, PENDANT LES PROGRAM-MATIONS DU SYSTÈME...
J'ÉTAIS LIBRE DE PLONGER À L'INTÉ-RIEUR DE N'IMPORTE QUEL CRÂNE...
POUR APPROFONDIR MES PROPRES RECHERCHES.
JE GAGNE PLEIN D'ARGENT... JE SUIS NOURRI, LOGÉ, BLANCHI...
QUEL TRAVAIL DE RÊVE !!!

UN MOIS PLUS TARD...
PROFESSEUR SER PIERO ?
OÙ ALLEZ-VOUS ?
DANS LES MONTAGNES VOISINES, JE POURRAI COLLECTER DES PIERRES HURLE-CIELS...
ELLES SONT INDISPENSABLES, POUR OPTIMISER LA MAGIE DE LA SALLE DE CONTRÔLE.
VOUS AVEZ BESOIN D'AIDE ?
TOUT VA BIEN !
J'AIME BIEN ME BALADER SEUL...
CLANG
CLANG
CLANG
HUM...
TOUJOURS RIEN...
JE DEVRAIS PEUT-ÊTRE CHERCHER PLUS LOIN ?
PATATRAC
OUAAAAH

HUMPF…
AAARG…
…
UN DELMONIA ROCHEUX ?
GLOUP
IL S'EST BLESSÉ EN TOMBANT DE LA FALAISE ?
AH !
NE BOUGE SURTOUT PAS !
TU ES TOUT SEUL ?
…
CLOC
J'AI RÉPARÉ TA JAMBE BRISÉE AVEC DES BAN-DAGES ET DU LIQUIDE À SOUDURE, MAIS…
CE N'EST QU'UN TRAITEMENT D'URGENCE…
QUAND TU SERAS RENTRÉ, IL FAUDRA QUE TU MONTRES TA BLESSURE À TES AMIS.

PLIK
CLOK
LE SOLEIL S'EST DÉJÀ COUCHÉ…
IL VAUT MIEUX ARRÊTER LES RECHERCHES…
ET ME DÉPÊCHER DE RENTRER…

BADAAM
GLOUP
?!?
SI VOUS VOULEZ BIEN ACCEPTER CE MODESTE CADEAU...
POUR AVOIR SAUVÉ MON ENFANT, TOUT À L'HEURE.
JE VIENS VOUS REMERCIER...
...
C'EST QUOI ?
CES PIERRES SERVENT DE NOURRITURE À NOTRE ESPÈCE.
MAIS...
CE SONT LES HURLECIELS QUE JE CHERCHAIS ?!?
OÙ EN AVEZ-VOUS TROUVÉ ?

AH... ÇA ?
C'EST UN THÉ KAWA, UNE BOISSON HUMAINE...
TU VEUX GOÛTER ?
MIAAM
CROC
CRUNCH
?!?
!
DÉLICIEUX !!!
HI HI !
C'ÉTAIT LA PREMIÈRE FOIS QUE JE VOYAIS D'AUSSI PRÈS...
UNE AUTRE ESPÈCE QU'HUMANIA.
CONTRAIRE-MENT AUX ANIMAUX, ILS PARLENT NOTRE LANGUE COMMUNE ET PEUVENT UTILISER LA MAGIE.
LES CLANS QUI NOUS AGRESSENT APPARAISSENT DANS LES SAINTES PROPHÉTIES ET SONT SÉVÈREMENT PUNIS.
NOMBRE D'ENTRE EUX SONT EN CONFLIT AVEC LES HUMAINS...
J'AVAIS APPRIS TOUT CELA DE MES LECTURES.

JE M'APPELLE NARIZA !
ET TOI ?
MOI, C'EST SER PIERO !
TROP BIZARRE, COMME PRÉNOM !
EUH…
TU TROUVES ?
DANS CE CAS…
VOUS CHERCHEZ DES PIERRES HURLE-CIELS ?
NOUS VOUS PRÊTERONS MAIN-FORTE, DÈS DEMAIN !
LORSQU'IL A FALLU TRAVAILLER RÉELLEMENT AVEC DES DELMONIAS…
J'AI D'ABORD ÉTÉ TRÈS NERVEUX.
CONTRAIREMENT À CE QU'EN AVAIENT DIT MES LIVRES…
À MESURE QUE J'INTERAGISSAIS AVEC EUX…
JE M'Y ATTACHAIS DE PLUS EN PLUS…
COMME JE L'AURAIS FAIT AVEC DES AMIS HUMAINS.

WAOUH !!!
C'EST ICI…
VOTRE VILLAGE ?
TIENS !
TU ES LÀ, SER PIERO ?
AUJOUR-D'HUI, C'EST JOUR DE FÊTE !
J'AI MÊME PENSÉ À PRENDRE UNE BOISSON QUI PLAÎT AUX HUMAINS.
HA HA, MERCI, MAIS…
IL EST TÔT ET UNE FOIS RENTRÉ, IL FAUDRA QUE JE TRAVAILLE ENCORE…
DE L'EAU M'IRA TRÈS BIEN !

WOUAH HA !!!
Z... ZE SUIS TOUZOURS UN... UN GRAND ÉRUDIT, HEIN !
HA HA HA !!!
UNE TOUTE 'TITE BOUTEILLE, COMME ÇA ?
POUAH ! ÇA ME FAIT RIIIEN DU TOUT, DU TOUT !!!
EXCELLENT ! T'AS RAI-SON !!!
IL EST MARRANT, SER PIERO.
CRUNCH
CRUNCH
NARIZA !
T'AS PAS ENCORE MANGÉ MA TASSE ?!?
ALLEZ ! UNE CHAN-SON !!!
VIENS TE MESURER À NOUS !

HOUU ...
JE CROIS QUE J'AI TROP BU...
LES TOILETTES...
?
NARIZA ?
QU'EST-CE QUE TU REGARDES ?
CE FUT...
UNE BELLE JOURNÉE...
MÊME LE CIEL ÉTOILÉ ...
RIT AVEC NOUS, CE SOIR.

SI SEULEMENT …
LES AUTRES HUMAINS ÉTAIENT COMME TOI…
FWOUUUH
VOILÀ !
LES AJUSTEMENTS DE LA FONCTION DE RECHERCHE SEMBLENT ÊTRE BONS.
J'AI TOUTES LES PIERRES HURLECIELS QU'IL ME FALLAIT POUR UTILISER LA MAGIE…
JE DEVRAIS POUVOIR TERMINER PLUS TÔT QUE PRÉVU.

UNE FOIS MON TRAVAIL AU TEMPLE TERMINÉ, IL FAUDRA RENTRER À LA CAPITALE…
JE VAIS DEVOIR FAIRE MES ADIEUX À NARIZA ET AUX AUTRES…
?
FFFH
FWOOOSH
NON…
UNE TORNADE BRISE-GLACE ?!?
!!!
ET ELLE EST TOUT PRÈS…
DU VILLAGE DE NARIZA…
KLING
KLING
KLING
KLIIING

ON A UN PROBLÈME !
!
UNE TORNADE BRISE-GLACE S'EST FORMÉE DANS LA FORÊT !!!
J'AI DES AMIS QUI VIVENT LÀ-BAS...
NOUS PARTONS IMMÉDIATEMENT LEUR PORTER SECOURS !
JE VIENS AVEC VOUS !
C'EST TROP DANGEREUX, VOUS POURRIEZ ÊTRE BLESSÉ !
LAISSEZ PLUTÔT ELPIS SE CHARGER DU SAUVETAGE !
BROUUUM

KIIIH
PROFESSEUR SER PIERO…
MERCI D'AVOIR RÉAGI AUSSI PROMPTEMENT.
…
ET…
IL Y A EU DES VICTIMES ?
RASSUREZ-VOUS…
PERSONNE N'A ÉTÉ BLESSÉ.
QUOI ?
AUCUNE VICTIME ?
IL Y AVAIT EU UN ORDRE PRÉALABLE D'ÉVACUATION, EN RAISON D'UNE PROPHÉTIE DE LA SAINTE MÈRE…
JE PENSE DONC QUE VOS AMIS AVAIENT DÉJÀ QUITTÉ LA ZONE.
!!!
OUF, QUEL SOULAGEMENT !!!
LES AMIS…
ILS SONT PEUT-ÊTRE DÉJÀ DE RETOUR ?!?

MAIS... QUE...
C'EST IMPOSSIBLE !!!
IL NE DEVAIT Y AVOIR... AUCUNE VICTIME...

CE BANDAGE ...
CE N'EST PAS CELUI QUE J'AVAIS UTILISÉ ?
TA JAMBE EST GUÉRIE, NON ?
POURQUOI TU LE GARDES ENCORE ?
AH, ÇA ?
C'EST PARCE QUE...
C'EST LE PREMIER CADEAU QUE TU M'AS FAIT...
ET QUE JE N'AI PAS MANGÉ !
...
NARIZA ...
HAA ...
HOUUU ...
WOUAAAH !!!

FWUUUH
LE PROFESSEUR SER PIERO… NE SORT PLUS BEAUCOUP, CES DERNIERS TEMPS.
IL EST DANS LA DERNIÈRE LIGNE DROITE POUR SON PROJET…
IL SUFFIT DE CONSULTER LES PROPHÉTIES DE CES DERNIÈRES ANNÉES, LIÉES AUX CATASTROPHES…
POUR CONSTATER QU'HUMANIA A À CHAQUE FOIS ÉTÉ PROTÉGÉE PAR LA SAINTE MÈRE…
ET QUE CE SONT LES AUTRES ESPÈCES QUI ONT ÉTÉ LES VICTIMES DE CES DÉSASTRES.

RASSUREZ-VOUS...
PERSONNE N'A ÉTÉ BLESSÉ.
LE BÉNÉFICE DES PROPHÉTIES...
NE S'EST JAMAIS APPLIQUÉ...
QU'À HUMANIA SEULE.
LE JOUR DE LA TORNADE...
SI NARIZA ET TOUS LES AUTRES...
AVAIENT ÉTÉ INFORMÉS DE LA PROPHÉTIE...
AUCUN D'EUX...
N'AURAIT PERDU LA VIE !!!
Pandora Seven Vol.3 - Fin

PANDORA SEVEN

Le repas de Gjorr *– drink it down –*

PANDORA PAPER 1

2023

BONJOUR TOUT LE MONDE ! JE SUIS YUTA KAYASHIMA, L'AUTEUR DE CE MANGA.

AVANT, J'AVAIS L'HABITUDE D'ALLER À LA SALLE DE SPORT ET D'APPORTER MON IPAD POUR TRAVAILLER. JE DESSINAIS DES CROQUIS ET QUELQUES BROUILLONS, EN MÊME TEMPS QUE J'UTILISAIS LES MACHINES.

MAIS DEPUIS LE COVID, J'AI UN VÉLO D'APPARTEMENT ET JE TRAVAILLE EN PÉDALANT.

PAR CONTRE, LA TABLETTE SURCHAUFFE AU BOUT D'UNE TRENTAINE DE MINUTES ET IL FAUT ATTENDRE UNE HEURE AVANT QUE JE PUISSE LA REPRENDRE...

ÉTONNAMMENT, CETTE LIMITE DE TRENTE MINUTES EST PLUTÔT BIENVENUE, PUISQU'ELLE CRÉE UN RYTHME DE TRAVAIL AGRÉABLE ET M'AIDE À ME CONCENTRER.

PAR CONTRE SI JE NE FAIS PAS ATTENTION, J'AI QUAND MÊME TENDANCE À NÉGLIGER MON ENTRAÎNEMENT PHYSIQUE. JE PENSE QUE JE VAIS QUAND MÊME RETOURNER À LA SALLE DE SPORT, EN COMPLÉMENT !

CROQUIS DE GJORR, AVANT LA SÉRIALISATION.

STAFF Kashima
Umano

3D Ryo Hagiwara

YUTA KAYASHIMA ··························· X (ex-twitter) : @kayashi

Un voyage vers les origines de la Boîte...
PANDORASEVEN vol. 4
Bientôt disponible !!!

DANS LE PROCHAIN TOME...
LIA SE DIRIGE VERS DE NOUVELLES FORCES ET DE NOUVEAUX CENTRES DE POUVOIR. SA RENCONTRE AVEC CEUX QUI BRANDISSENT L'ÉTENDARD DE LA RÉVOLUTION NE POURRA QU'ACCÉLÉRER L'ACCOMPLISSEMENT DE SON DESTIN... ET LORSQUE, DANS LE CIEL, UNE NOUVELLE ÉTOILE CESSERA DE SCINTILLER... LA LÉGENDE S'ÉLÈVERA, IMMUABLE, JUSQU'À SON POINT CULMINANT !
VERS LE MONT SACRÉ DE CORDEGRISE !!!

Soleil Manga
6/8 rue Léon Jouhaux
75010 Paris - France
manga@soleilprod.com

PANDORA SEVEN vol.3

Original Cover Design : Natsuo Kubu (StudioSUM)

Conception graphique :
Studio Delcourt/Soleil
Traduction : Studio Mankai
Lettrage : Studio Charon
Dépôt légal : Septembre 2024
ISBN : 978-2-302-10347-4
Impression : Ercom - Italie

« Quelle belle journée ça a été…
Ce soir, même le ciel étoilé
rit avec nous. »

PandoraSeven

3
PANDORA
SEVEN
YUTA KAYASHIMA